最畅销的世界名著阅读系列

U0105922

Tongnian Zairenjian Wodedaxue

童年·在人间·我的大学

著◎［苏］高尔基
改写◎郑世明

吉林人民出版社

图书在版编目（CIP）数据

童年·在人间·我的大学／（苏）高尔基著；郑世明改写. — 长春：吉林人民出版社，2010.12
（最畅销的世界名著阅读系列）
ISBN 978-7-206-07409-7

Ⅰ.①童… Ⅱ.①高… ②郑… Ⅲ.①长篇小说－作品集－苏联－缩写本 Ⅳ.①I512.45

中国版本图书馆CIP数据核字(2010)第248798号

著　　者	〔苏〕高尔基
改　　写	郑世明
责任编辑	陈亚南
责任校对	赵洪涛
设计制作	好孩子工作室
出版发行	吉林人民出版社
地　　址	长春市人民大街7548号
邮政编码	130022
印刷者	北京顺诚彩色印刷有限公司
规　　格	787毫米×1092毫米　1/16
总字数	100千字
总印张	10印张
版　　次	2011年1月第1版
印　　次	2011年1月第1次印刷
书　　号	ISBN 978-7-206-07409-7
定　　价	29.80元

序

走进图书馆，仿佛你已置身于书的海洋。书海茫茫，无边无涯。据统计，全世界一万多个图书馆的藏书多达十三亿册。

书是知识的结晶，书是思想的宝库，可是谁都无法读遍所有的图书。对于青少年来说，面对众多的图书，最好的读书方法是细读其中的精华——名著。

时间如同大浪淘沙，冲走平庸，留下精华。名著是经受了时间考验的经典，不论放在哪一个年代，放在哪一个国度，都是熠熠生辉的金子，经久不衰。名著具有深刻的思想内涵和永恒的艺术魅力，是人类代代相传的传家宝。

我小时候是一个读书迷。我当时读过的许多名著，使我获益匪浅：不论是《鲁滨逊漂流记》所描述的荒岛上的艰难生活，还是《钢铁是怎样炼成的》中保尔的顽强毅力，都增添了我战胜困难的信心：读了《海底两万里》和《八十天环游地球》，给我插上科学幻想的翅膀，漫游未来世界：我被《福尔摩斯探案集》那扑朔迷离的案情深深吸引之余，又从中懂得了一定要培养敏锐的观察力……可以说，名著使我受益无穷。

我惊讶地发现，吉林人民出版社推出的"最畅销的世界名著阅读系列"，其中大部分名著都是我小时候读过的。不过，这套书比我小时候读过的名著原著更加适合小读者：一是对名著进行适当的删繁就简和加工，变得更加简明：二是配上诸多精美的插图，做到图文并茂，大大提高了阅读的趣味性。

这套"最畅销的世界名著阅读系列"，一定会受到小读者的欢迎，帮助小读者从小就从世界名著中汲取丰富的精神滋养。

2010年11月27日于上海"沉思斋"

高尔基的自传体三部曲小说《童年》、《在人间》、《我的大学》享誉世界。小说向我们展示了19世纪末俄国的社会生活状况，这是一部既有深刻教育意义，又有巨大艺术魅力的优秀作品。小说写出了高尔基对苦难的认识，对社会生活的独特看法，字里行间奔涌着生生不息的热情与坚强。这部小说内涵丰厚，耐人寻味，为我们展示了一个精彩纷呈的精神世界。

这部小说通过一个日渐长大的孩子的眼光来观察和了解外部世界，我们阅读后会清晰地把握住一个倔强、顽强、满怀同情心和不断追求理想的青少年的形象，此外还可以深刻体会他在成长过程中所遇到的种种考验。

三部曲的第一部《童年》主要讲述阿列克赛（高尔基的乳名）的童年时光。这一时期，他经历了幼年丧父、母亲改嫁的痛苦，跟随性格暴躁的外公、外婆生活。这部分生动地展示了19世纪中叶俄国社会最底层人民的生活，描述了此时俄国小市民愚昧的生活风貌，并介绍了当时俄国的宗教、丧葬等民俗。

第二部《在人间》描述了阿列克赛被外祖父逐出家门后到"人间"自谋生路的坎坷经历。

这一时期，他与外祖母靠摘野果、卖野果为生，他还做过绘图师学徒、洗碗工和圣像作坊徒工。他历经坎坷，与社会底层形形色色的人打交道。难能可贵的是，他在这一时期主动寻找机会阅读了大量书籍，这扩展了他的视野，陶冶了他的情操，他立志要做一个坚强的人，力争不被环境所左右。他正是怀着这样的坚定信念离开了家乡，去创造属于自己的生活。

第三部《我的大学》描写了阿列克赛在"社会大学"学到了其他大学里学不到的知识，开拓了视野，提高了觉悟，经过痛苦的思想探索，终于成长为一个革命知识分子。他对小市民习气深恶痛绝，并热情洋溢地追求属于自己的幸福；他在社会底层与劳苦大众直接接触，接受了革命思想，时刻不忘从书籍中汲取宝贵的知识，帮助自己成长。

主人公阿列克赛从小心地善良，他勤奋好学，刻苦耐劳，严酷的现实生活使他成为一个意志顽强、有理想、有抱负的人。他对知识的渴望，对理想的不懈追求，对未来的美好憧憬，时刻激励他克服一切艰难险阻，迎接属于自己的光明世界。

目录

童年

在人间

我的大学

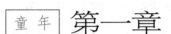 # 童年 第一章

父亲安静地躺在地板上，我站在他的身边，这个狭小、昏暗的房间更显得无比寂静了。

我甚至有些害怕看到父亲的样子，他脚趾叉开，双手无力地放在胸前，眼睛紧闭，满脸痛苦的样子。母亲上身赤裸着跪在地上，为父亲梳理着头发，她的动作很慢，但极其认真，她无法忍住眼中的泪水。

站在一旁的外婆也哭了起来，她浑身颤抖，拉着我的手念叨："来，跟爸爸告别吧！你爸爸英年早逝，真的可惜，你再也见不到他了，亲爱的……"她要把我推到父亲身边去，可是我心里一直有一种莫名奇妙的恐惧，并不想过去。不久前，我患上了严重的霍乱，父亲细心照顾我，不料却被感染而一病不起。

一旁的母亲还在为父亲梳头。她向来沉默寡言，平时衣着很干净，但此刻却不是那样。我第一次看到母亲如此脆弱，哭肿的双眼，痛苦的表情，让我感到了深深的恐惧。这一切让我感到压抑无比。这时，门外的警察大喊起来："快把这里收拾好，快点儿！"

我一时不知所措，母亲勉强撑起身体，可最终还是无力地坐了回去。她无奈地躺在地板上，面色铁青，表情痛苦地冲我大喊："阿列克塞，关上门！"

外婆却以不大常见的脚步跑到门口喊起来："别害怕，她没有患霍乱！她要生孩子了，请

千万别碰她。我看你们还是快点儿离开吧！"

说完，外婆赶紧回来照看母亲；这时母亲痛苦地呻吟着，在地上不停地打滚儿。外婆也跟着她在地上爬，一边说："瓦尔瓦拉，坚持住，挺住啊！"她们在地板上忙活了好久，直到听见了婴儿的哭声。

房间里平静了下来，"感谢我的主，是男孩儿！"外婆说。这时我已经在角落里睡着了。

几天后的一个雨天，我和外婆安葬了父亲。我那刚出生几天的弟弟不久夭折了。然后没过几天，外婆、母亲和我一起上了轮船，母亲双手抱着头，靠墙站着，心情复杂的样子。外婆不停地劝她吃一点儿东西，母亲却始终一声不吭。

她很少到甲板上来，我能清楚地感觉到她在冷漠地面对这个世界。

我依然记得那天外婆看到尼日尼时，高兴地大声喊道："看哪，看哪，多好啊！这就是尼日尼！这就是众神之城！你看，教堂就像在飞一样！"她兴奋地几乎要哭起来，不断地恳求母亲："瓦尔瓦拉，你快看看啊，你可能都忘了这个地方了，但你还是看看吧，也好快点儿高兴起来！"

可是我看到母亲仅仅忧郁地笑了笑。等到轮船到达这座美丽的城市后，人们争先恐后地登上了甲板。出人意料的是，一个骨瘦如柴的小老头儿飞快地走在人群的前面。

母亲突然扑向他的怀里，"爸爸！"他抱住母亲的头，"傻孩子，你怎么了? 啊，不要哭了……"外婆忙把我推到一群人的前面，"噢，这是米哈伊尔舅舅，这是雅可夫舅舅，这是娜塔莉娅舅妈，这两个表哥都叫萨沙，表姐叫卡杰琳娜! "

外公温柔地按着我的头问:"你是谁呀? "可是还没等我回答，他就推开我说:"从脸颊上看，确实像极了你爸爸。不多说了，大家快下船吧! "

上岸后外公和母亲走在最前面，好像有谈不完的话。娜塔莉娅舅妈因为怀孕，挺个大肚子，没走多远就停下来，还总是低声抱怨自己都走不动了。

外婆恼怒地抱怨道:"那他们干吗还要让你来呢? 真是的! "

说实话，我不太喜欢这一大家人。和他们在一起，我觉得自己像个外人，就连外婆也似乎不像往日那样亲昵，对我疏远起来。可是我最不喜欢的就是外公了，我觉得他对我充满敌意。

很快，我们来到了一间矮小的平房。房屋上的红色油漆已斑驳脱落，房屋内狭小阴暗，空气中弥漫着一股刺鼻的怪味。

我走到院子里，感到很惊讶:四周挂满了湿布，地上摆满了水桶，桶里的水五颜六色，里面泡满了布。院子角落里一间矮得贴了地的房子里，炉火烧得正旺，锅里煮着什么东西，我听见一个奇怪的声音说:"紫檀—— 一品红——硫酸盐……"

离奇而又残酷的生活真正从这里开始了。如今，每当我回忆往事，自己都难以置信:世间竟会有这样的事发生! 我宁愿它们从未存在过，可是事实就是如此。

外公家里人与人之间充满了仇恨和怨气，我们这些孩子也不得不深陷于这种气氛之中。后来，外婆告诉我，我的舅舅们一直要求外公分配财产，现在我母亲回到了娘家，他们恨不得趁早分家。

当年，母亲违背了外公的意愿私自成婚，所以嫁妆就被外公扣了下来，舅舅们一致认为，这份嫁妆应该归他们所有了。此外，他们还为一些琐事争吵不休。

在我眼里，外公是个脾气暴躁的老头儿。我想方设法躲着他，因为他那双绿

眼睛老是盯着我的一切举动。没多久，他就开始教我祈祷，但很多时候是娜塔莉娅舅妈来教。

一天晚上，两个舅舅和格里高里师傅把染过的布料缝成一匹一匹的，紧接着又缝上标签。米哈伊尔舅舅打算跟眼睛快瞎了的格里高里开个玩笑，于是怂恿九岁的侄儿萨沙把他的顶针在蜡烛上烧热。萨沙把顶针烧得滚烫后，悄悄放到格里高里手边。不巧这时外公走了进来，他刚想坐下来干活，就戴上了那只滚烫的顶针。滚烫的热量外公怎么能够受得了，他大喊着："你们这群浑蛋，是谁干的？"

"是雅可夫的儿子萨沙干的！"米哈伊尔舅舅说。"你胡说！"雅可夫舅舅吼道。

一旁早已吓坏的萨沙哭喊起来："爸爸，是他教我这么干的！"

可是后来外公什么也没说，拉着我就走了出去，只听见两个舅舅还在屋子里互相骂着。

后来，我忍不住问外公："你会不会教训米哈伊尔舅舅？"

"当然会。"外公斜眼看了我一下，气鼓鼓地说。突然，一旁的米哈伊尔舅舅"砰"的一拳砸在桌上，冲我母亲喊道："瓦尔瓦拉，管好你的狗崽子，否则叫他小心他的脑袋！"

我没有想到，母亲竟然说道："你试试，要是敢动他一下……"声音却丝毫看不出有什么野蛮和愤怒。

母亲的话总是简短有力，就连外公和母亲说话都温言细语的，一时屋里面鸦雀无声。大家都怕母亲，这让我暗自高兴，于是我以后经常在表兄们面前夸耀："还是我母亲最厉害！"

然而，有一件事改变了我对母亲的看法，我在一个星期六做了一件错事。

当时我对布料染色很感兴趣，也想染点儿东西。于是，就把这个想法告诉了萨沙。他建议我从柜子里拿一块过节时才用的白桌布，把它染成蓝色。

我刚把桌布的一角放进盛有蓝色溶液的桶里，年轻的学徒茨冈不知道从哪儿跑来了,飞奔到我面前,一把抢过桌布,冲着在一旁看着我的萨沙喊道:"快去把你奶奶叫来。"

茨冈立即知道事情不妙,于是对我说:"完了,看来你得挨揍了!"

外婆跑过来一看,气得不成样子,后来哭了起来,骂道:"我真恨不得把你举起来摔死!"

发怒之余,她却不忘告诫茨冈别跟外公说这件事。

茨冈说:"我不会说出去的,但我很害怕萨沙去告状!"

"放心,他不会的,我会给他两戈比零钱。"外婆说完,领着我进了屋子。

可是事情真的没有那么容易躲过去。祈祷仪式前的那个星期六晚上,我被人领进厨房。

刚一进去,我就看到萨沙坐在小凳上,声音颤抖地乞求着:"外公,饶了我吧……"

外公抽出一条长长的湿树条,说:"要饶你,也得在先揍你一顿之后。快点儿,把裤子脱了……"萨沙只得站起来解开裤子。我的腿也直打哆嗦。

"阿列克塞,快过来,看看我怎么揍他……"外公冲我喊道。

随后就听到了萨沙的一声声尖叫。

外公手中的树条抽下去,萨沙的皮肤上肿起了一道红痕,他大声嚎叫起来。

"这一下是惩罚你在顶针上动手脚!还敢喊疼?"

"可是，对桌布的事我可没撒谎……我再也不敢了……"萨沙说。

"虽然是你告的密，也不能饶恕你！告密者要先挨鞭子。这一下是为了桌布的事！"外公接着又狠狠地抽了一下。

"你这个魔鬼，我不让你打阿列克塞！"外婆冲到我面前，一把抱住我，她用脚踹着门，大声叫着母亲的名字：

"瓦尔瓦拉！"

外公一个箭步冲上来，把我从外婆的怀抱中抢走。我拼命地挣扎着，他却拼命地抽打着我。

情急之中，我一口咬住他的胳膊。他大叫一声，猛地把我往凳子上一摔，我的脸被磕破了。直到现在他那野蛮的喊声还时常在我耳边回荡。

急匆匆过来求情的母亲脸色苍白，她声音嘶哑地喊道："爸爸，求求你，饶了

他吧……"

我被外公打得昏了过去，趴在床上，好几天不能动弹。从那天起，我才知道母亲并不是家里最厉害的人，她和别人一样怕外公，没过多久，母亲好像从这个家消失了，大家都不知道母亲去了哪里。

一天，外公来到我面前。我正在养伤，他用一双冰凉的手抚摸我的头，说："唉，小家伙，你当时对我又咬又抓的，我气极了，才多打了你几下。我是从一个孤儿混到了今天的地位——当了行会的头儿，手下一帮人都要听我的指挥。你要记住：不能被外人打！自己的亲人打你是管教你，不是侮辱你，总会对你有好处的，总比外人来打你强。"

紧接着外公开始给我讲述起他的童年往事来，尽管他言语粗鲁，但故事却很动听，我也能听得懂。临走的时候，外公还和我亲切道别，那时我才明白，他并不像我想象得那样凶恶，也不是十分可怕。他对我的打骂也几乎渐渐忘记了。

这以后，大家都纷纷来陪我说话，外婆更是整天都守在我身边。让我印象最深刻的却是茨冈一天傍晚也来看我。

"小兄弟，你知道吗？那天你外公发脾气时，我看他要打你，赶忙把手垫了过去，你看看我挨了多少下……"他卷起袖子叫我看，他的肘部以下布满伤痕，我真的很痛心。

接着他说："你真可怜。你的命够苦了，可他还打你！一想到这些，我忍不住就想哭……"我觉得他很单纯，很可爱，便对他说我很喜欢他，他的回答令人难忘："我也喜欢你，所以才替你挨打，我还没替谁挨过打呢……"

他的脸上洋溢着快乐的神情，我不禁想起了外婆给我讲的童话，是关于伊凡王子和伊凡傻子的。

童年 第二章

外公认为茨冈有一双巧手，一定会有出息，因此虽然经常对我的两个舅舅大发雷霆，但对茨冈却很和气。每当谈起他时，外公总会说："这小子会有出息的。"

过了几天，我的身体痊愈了，也逐渐明白了茨冈在家中的特殊地位。

格里高里每天都默默忍受着我的两个舅舅，尽管他们的恶作剧花样百出，但格里高里顶多也只是咂咂嘴。舅舅们对茨冈却很友好。

我和外婆又住到了一起，每晚临睡前，她都会给我讲童话故事，有时候也给我讲她的一些经历。

从外婆的讲述中，我了解到茨冈是个弃儿。多年前的一个雨夜里，外公在家门口的长凳上发现了他。外婆心疼小孩子，就收养了他。说实话，我很喜欢茨冈。

令我欣慰的是，节日的晚餐十分丰盛。大人们尽情地吃喝，孩子们不仅分到了糖果，还可以喝果子酒。在宴会气氛达到高潮时，雅可夫舅舅调试好吉他，拨弄起琴弦，大家就沉醉在音乐中。雅可夫舅舅还借着酒劲儿，展示他的歌喉给大家。

外婆叹了口气："别再唱了。茨冈，来给我们跳个舞……"雅可夫舅舅附和起来："让忧愁和烦恼统统滚开吧！茨冈，准备！"

刹那间，吉他声骤然狂响起来，茨冈在厨房中间的地板上跳起舞来。他热情似火，双手像翅膀般轻灵地舒展开来，脚步快得让人眼花缭乱，他浑然忘我地跳着。桌子后面的人也跟着手舞足蹈，时而还兴奋地尖叫。

说实话，当晚的一切都非常有趣，但又让我感到紧张，心里总是有一种挥之不去的忧愁，这种忧愁不知道什么时候来到了这里。

有一次，雅可夫舅舅喝醉了，就开始扯自己身上的衬衣，疯狂地揪自己的鼻子、头发和稀疏的胡子。他哭叫着："我是个流氓、坏蛋！都别理我！"

格里高里吼道："没错，你就是这样的人！"

我从来没有想到雅可夫舅舅竟然会如此哭闹。格里高里看着我，我走到他跟前，他把我抱起来，小声地对我说："你雅可夫舅舅不但虐待他的老婆，还把她打死了，现在他受到了良心的谴责，才会又哭又叫，你不要害怕。"

这里的一切都很奇怪，让人不安。外婆整天忙着做家务，根本就无法照顾我，于是我整天围着茨冈打转。我们的感情越来越好，当外公抽我的时候，他仍然把手伸到树条下为我遮挡。不久后发生的一件事情，更增加了我对茨冈的兴趣。

茨冈每周五都要去市场买东西，所以有时回来得很晚，外婆十分担心茨冈的安危。

这次直到第二天中午，茨冈才回来。孩子们兴高采烈地从雪橇上卸东西，雪橇里装满了各种各样的杂物：家禽、小猪、鱼……

"让你买的都买了？"外公扫视了一下雪橇，问道。

"都买了。"

"钱都用完了吗？"

"用完了。"

外公绕着雪橇转了一圈，低声说："你又多带回东西了，不是花钱买的吧？我可不想这样！"说完便皱着眉头走开。

后来，外婆告诉我，茨冈在市场上偷的东西比买的还多。

"你不知道，这个家伙喜欢偷东西！他只买了三卢布的东西，其他的都是偷来的。"

第二天，我去央求茨冈不要再偷东西，并告诉他如果被人发现，他们会打死他的。

"他们别想抓到我！因为我可以迅速跑开。"茨冈笑了笑说。一会儿，他又苦恼地皱起眉头说："谁都知道偷东西不是什么好事，但我偷窃不是为了攒钱，只是感觉很无聊，没有什么可做的事而已。每次偷回来的也不属于我，你舅舅很快就会把钱从我手中骗走。不过我不在乎，只要我吃得饱就行了。"说完，和往常一样，他轻轻地抱起我。无论如何，我也没想到，那竟然是我和他最后一次在一起。

外公和外婆一大早就赶往墓地，他们去祭奠雅可夫舅妈。

其余的男人们聚集在院子中，几个舅舅费力地抬起要立在雅可夫舅妈坟墓上的十字架，将两端扛在各自肩上，格里高里和另外一个人把沉重的主干放到茨冈

的肩膀上。茨冈勉强站稳,明显感觉他很吃力。

"挺得住吗?"格里高里问。"小心点儿!"

"有些沉,但没问题。"

十字架终于运走了,格里高里拉着我的手走进作坊,一边忙着手中的活,一边和我说他的许多贴心话,我早已习惯他这样,甚至每天都期待他这样。

"什么声音?快!"他突然起身跑到院子里,我紧跟在后面。

茨冈躺在厨房里的地板上,他的嘴里流出血沫儿来,不一会儿,地板上就形成了一条小溪流,他整个人则像溪流中的一只小舟,停泊在那里不动。

"他摔倒了,十字架砸在他的背上。"雅可夫舅舅慌张地说。

"是你们砸死了他!"格里高里怒吼道。

"是我们你又能怎样?"

格里高里已经气得说不出话来,大家发现茨冈全身已经发黑。

外公和外婆走进来,外公怒不可遏,"你们这两个浑蛋!他是多好的一个小伙子啊!是个无价宝,不承想却被你们给害死了。"说完坐到凳子上,大声哭泣。

外婆趴在地板上抚摸茨冈的全身,最后抓起他的手,站起身,低声说:"你们都出去!"所有人都出去了,只有外公留下。后来,外婆和外公依依不舍地把茨冈埋掉,这件事也很快被大家淡忘。

一天晚上,我发现外婆跪在地上,一只手按在胸前,另一只手不停地画着十字,她在向上帝祷告。

"上帝啊,求你帮助我让这个老头子公平地给孩子们分家吧!求你赐给瓦尔瓦拉一点儿快乐吧!还求你多关照一些可怜的格里高里。亲爱的上帝啊,你无所不知,无所不晓,你一定能满足我的愿望!"

外婆也经常给我讲上帝的故事,每当讲到上帝、天堂和天使,她的脸就变得温和又年轻,双眼闪烁着温暖的光芒。"无论天上还是人间,有上帝在的地方,一切都会好起来!"

"我们这儿也会慢慢变好吗？"我问道。

"托圣母的福，一切都好！"

接下来我看到的令我很困惑，家里的日子没有好转，反而更加糟糕。

娜塔莉娅舅妈的双眼下有几块淤青，脸庞和嘴唇也肿了。我问外婆："是舅舅打的吗？"外婆叹了口气，答道："这个天杀的，你外公不让他打，他就晚上偷偷地打。你外公以前也打我。"

"他为什么要打你？"

"记不清原因了。一次，他把我打得半死，还不让我吃东西。我几次被他折磨得想死。"

我简直不敢相信她的话。

"外婆，您更强壮一些啊，难道他的力气比你大？"

"他是我的丈夫，上帝让他来管我，我就命中注定要忍受这些。"

这时，我才真正弄清楚了格里高里曾说过的话："如果我双眼瞎了，那我宁愿去讨饭，也比待在这个家里强。"

有一天，外婆正在祈祷，外公猛地推开房门，声音嘶哑地说："老婆子，快点儿，染坊着火了！"

我向外一看，外面漫天都是一片红光，火场中不断传出噼噼啪啪的响声，中间还混杂着大家的呼叫声。外婆的行动更是让我心惊肉跳，她一头冲进火海，嘴里还大叫着："小心，硫酸盐要爆炸了！"

"格里高里，快拉住她！"外公号叫着，"她可怎么办！"

外婆全身冒烟，手中捧着一大瓶硫酸盐，冲出了火海。

外婆又打开大门，邻居们跑了进来，外婆边感谢他们边说："邻居们，要保住仓库！大火如果烧到仓库，你们也要跟着遭罪！大伙儿齐心协力地干吧，一起保住仓库！"

没过多久，大火就被扑灭了。黑暗的夜晚也恢复了往日的宁静。外婆坐在我身

边，摇晃着身体一言不发。

外公问道："老婆子，你好吗？有没有被烧伤？"

"我很好。"

"感谢上帝，他赐给你非凡的智慧……"外公摸了摸外婆的肩膀，补充道："尽管只有短短的一个小时，要是没有你……"外婆只是苦笑了一下。

外公却有些愤怒地接着说起来，"格里高里这个家伙真是不想干了，是他疏忽大意才会发生这样的事。"

外婆站起身，双手放到嘴边，示意他小声点儿，然后就出去了。

我毫无睡意地躺在床上，突然，一阵恐怖的嚎叫把我惊起。

嚎叫声越来越尖利，我躲在角落里，吓昏了头的外公和舅舅四处乱窜，外婆叫喊着把他们赶出了房间。

"格里高里，赶紧生火！"外婆命令道。

"出什么事了？"我问格里高里。

"你娜塔莉娅舅妈要生孩子了。"他面无表情地回答。

在我的记忆中，我的母亲生孩子时可没叫得这么凶。

我刚打了一个盹儿，又被嘈杂的人声和米哈伊尔舅舅的叫喊声吵醒。我爬下床，刚走到米哈伊尔舅舅身旁，他忽然抓住我的腿用力一扯，我便仰面朝天地倒了下去。

"浑蛋！"我骂他。

他跳起来，一把抓住我，把我高高举起，大声吼叫："我摔死你！"

等我苏醒过来的时候，发现自己正躺在外公的腿上，他摇着我低声念叨："我们谁也得不到宽恕！你觉得哪里痛？我的孩子。"我不想说，尽管感觉很不舒服。

雅可夫舅舅站在门口，还有许多陌生人在屋子里。外公让雅可夫舅舅带我去睡觉。等我爬上床，雅可夫舅舅低声告诉我："你的娜塔莉娅舅妈死了！"

顿时，我感觉房间里燥热无比，而且充斥着一股难闻的气味。我对生活一切美好的期待在这一刻被一辆辆车子碾碎，这些车子轮番从我身上轧过，而且我感觉它们越来越重。

童年 第三章

等到第二年春天到来的时候，外公和舅舅们开始分家。雅可夫舅舅留在城里，米哈伊尔舅舅去了河对岸。

外公则买了一幢漂亮的房子。楼下是个酒馆，楼上是舒适的住房和一间阁楼，还附带一个小花园。

外公带着我走在街道上。他指着一根柳条，向我眨了眨眼，说道："我很快要教你识字了，到时它们也有用处。"

每天一大早，外公都会去两个舅舅的作坊里看看，晚上回来却总是显得很疲倦，感觉有些苦恼。

外婆每天还是继续做饭、缝补衣物，在菜园和花园里耕作。

这一时期，母亲很少出现在我身边，有时候我也很想看到略显高傲的她。

过了一阵子，我开始在外公的指导下学习写字。一天，读了一会儿书后，他忽然把我拉到怀里，伤感地说："你妈把你一个人扔在世上受苦，你真可怜！"

外婆浑身一颤："哎，你说这些有什么用处？"

"唉，多好的一个姑娘啊，可惜走错了路，我一想起来心里就难受。"

慢慢地我长大了，变得机智了许多，外公也越来越喜欢我，对我越来越和蔼了。尽管我有时还是违反他的规矩和意愿，但他每次都是仅仅说我几句了事。

几周的学习后，我可以按照拼音来念诗了，家里晚上的圣诗也是我来诵读。

好几次，我央求外公讲童话故事给我，可我听到的总是他的那些陈年往事。外公给我讲，他的父亲是被土匪砍死的，那时他还小，他的母亲是个很有力气的女人，外公二十岁的时候，还常常挨他母亲的打。

在讲这些往事的时候，他从未提起过我的父亲和母亲。外婆常常走进来，坐在角落里，一言不发地听着，有时她会忽然问道："老头子，你还记得咱们去木罗姆的时候吗？那时候多么快乐！真是令人难忘！"

"确实难忘，但具体是哪一年我有些记不清了，大概是霍乱大流行以前，捉拿奥郎涅茨人那一年吧！"

"是那一年，想起来了。"

看着他们在一旁谈论起来，我只好暂时待在一边，忙我自己的事情。

说着说着外公突然乱叫起来，咒骂自己的孩子时，还握起拳头威胁外婆："他们这些强盗都是你娇惯的，你这个婆娘！"

外婆画着十字，劝道："唉，老头子，你难过什么，难道别人的孩子比咱们的好

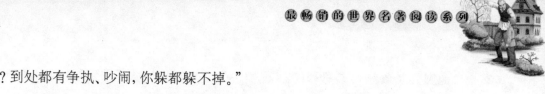

吗? 到处都有争执、吵闹, 你躲都躲不掉。"

外公听了后觉得很有道理, 然后疲倦地倒在床上, 开始思考起来, 不再说话, 于是我和外婆悄悄回到阁楼。

但有一次, 外婆为了一件琐事劝解外公, 没有想到被一拳头打在脸上。慌忙中, 外婆差点儿摔倒。她用手捂着脸, 平静地说: "唉, 你这个傻瓜! "她朝他脚前吐了口血水。他则吼道: "滚开, 否则就打死你! "

外婆向门口走去, 却依旧喋喋不休。外公向她扑过去, 但她不慌不忙地跨过门槛儿, 顺手一带, 把他关在外面。外公在那里站了好久, 双手捶胸, 哭喊道: "上帝啊! "

这是外公第一次在我面前打外婆, 我被吓呆了, 这也让我感到一种难以忍受的羞辱。于是我从床上滑下来, 向阁楼跑去, 看到外婆正在漱口。

"你疼吗? "我问。

"只是嘴唇破了, 没事儿。"外婆平静地回答。

"他为什么要打你? "

"他一切都不顺, 年纪也大了, 所以老发脾气。不要太心疼我, 可能我也有错, 好好睡吧! 我去看看他。"

她吻了我一下, 然后就出去了。我心里非常难过, 从床上跳了下来, 走到窗前, 望着外面清冷的街道, 心中充满了难以忍受的苦闷。

有一天晚上, 我们喝完茶, 我和外公正在读诗, 雅可夫舅舅突然闯了进来, 挥舞着双手急切地说: "爸爸, 米哈伊尔中午在我那儿喝醉了, 竟然发起酒疯来, 他不仅辱骂我和格里高里, 还扬言: '我要拔光父亲的胡子, 然后再杀了他! '爸爸, 现在他正在来这儿的路上, 您要当心啊! "

外公气得浑身打颤, 双手撑着桌子, 慢慢地站起来。

"老婆子, 你听见了没有? "他尖声叫道, "他竟然要来杀亲生老爹了, 看我养了一个什么样的好儿子啊! "

他突然指着雅可夫舅舅说："你们不是一直在算计着瓦尔瓦拉的嫁妆吗？来啊，现在就拿去！"

雅可夫舅舅闪身躲开，说："爸爸，我是特地来保护你的，我没有想闹事。"

"保护我？"外公冷笑着喊道，"那我真要谢谢你了！等你哥哥一跑进来，你就打他，出了事我负责！"

雅可夫舅舅把手伸进衣兜里，一边后退，一边说："既然你不相信我，为什么还要我去打他？"渐渐地都要退到墙角了。

外公跺着脚喊道："你以为我不知道你的诡计？是你灌醉了他，鼓动他闹事的！好吧，现在随你选择吧！打他还是打我？"

外婆俯在我耳边小声说："快到阁楼上去，一看见你米哈伊尔舅舅，马上跑下来告诉我一声。"我飞快地跑上阁楼，很骄傲外婆把这个重要的任务交给了我。

很快，米哈伊尔舅舅出现在巷口。不一会儿，我听见他进了酒馆。

我跑到楼下，用力敲外公的门。

"是谁？"外公粗鲁地问道，我告诉他我看到了米哈伊尔舅舅。外公听到后叫我继续留意他的动向，我告诉他我很害怕一个人待在阁楼上。

"忍耐一会儿吧！我的孩子！"

于是，我又跑上阁楼守在窗边。过了一会儿，过道和院子里传来跺脚声和哭叫声。我把头伸出窗外，看见外公、雅可夫舅舅和酒馆的杂役正在试图把米哈伊尔舅舅拉出酒馆，他们一边拉，一边打他。米哈伊尔舅舅在角门处不肯出来，但还是被众人合力扔到了大街上，然后是"砰"的关门的声音，喧闹的大街也终于恢复了往日的平静。

外公一家在这所宅子里住了不到一年，就已经声名远扬——几乎每个星期都有一群小孩子来到我们家门口看热闹，因为这里总是打架。

有时，米哈伊尔舅舅会在晚上带几个无赖从山沟闯入花园，在那里大耍酒疯，

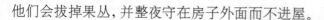

他们会拔掉果丛，并整夜守在房子外面而不进屋。

有一次，米哈伊尔舅舅手执一根木桩，使劲儿捶着大门，大门内，外公顺手抄起一根棍子，两个房客拿着大棒，酒馆老板娘手拿擀面杖守在门后边，他们做好了准备。外婆跑到外公面前哀求着："你还是让我出去跟他说句话吧！"外公没有答应。

大门剧烈地晃动着。外公高声对自己的帮手说："记住，往他的胳膊和双腿上打，别打脑袋！"

大门边的墙上有一个小窗户，外婆跑到窗前，伸出一只手，摆动着喊起来："快走吧！儿子，他们会打残你的。"这时一个东西重重地砸在她的胳膊上，外婆"扑通"一声跌倒在地，但还是强忍痛苦叫米哈伊尔舅舅快跑。

"老婆子，你怎么了？"外公叫起来。

还没有弄清怎么回事，门猛地被撞开了，米哈伊尔舅舅进来了，但立刻就像垃圾一样，被从台阶上扔了出去。

外公阴沉着脸走到外婆跟前："有没有伤到骨头？"

"看来是断了。"外婆闭着眼睛说，"他怎么样了？"

"都这个时候了，你还为他操心！"听到外婆呻吟起来，外公生气地说，"他被绑在棚子里，我用水泼了他……到现在他还不服软。我真纳闷儿怎么会生出这样的儿子。"

看到外婆痛苦的样子，外公也不忘安慰，"忍着点儿，接骨婆快到了！"外公说。

不久，家里来了一个小老太婆。小小的眼睛一直眨着，下巴直哆嗦，用拐杖探着路，一步一步挪进来。

尽管之前我仅仅是听说过死神的样子，不过这次我真的以为是死神来了，于是不假思索地跳到她面前，喊道："不要过来，快滚出去！"外公赶紧一把把我拖上阁楼，生怕我惹出事端。

慢慢地，外婆恢复了健康；她每天醒来洗漱完毕后，就走到圣像的面前祈祷："高尚荣耀的圣母啊，保佑我们一天平安吧！"

外婆的祷告是发自内心的，不论何时何地，她对上帝的颂歌都是淳朴的赞美。

外公则习惯性地站在地板上，默立祈祷一会儿，然后，挺直身子，威严地说道："以圣父圣子圣灵的名义！"

他绿色的眼眸中满含泪水，大声呼唤着："主啊，只有忏悔才可以洗刷我的罪恶，我的信仰高于我的行为。请别怪罪于我！"

他哭泣着，画着十字，还不停地点头。后来我才知道外公是在以犹太人的方式祷告。他的上帝给我带来的反而是恐惧和敌意，因为这个上帝谁也不爱，他总是用严厉的目光监视世间的一切，有时甚至麻木不仁。

外婆的上帝则使我身边的所有事物变得美好和神圣，世上一切有生命的东西都是他的朋友，他特别爱护它们。在那些日子里，对上帝的爱成为我生活中最美好的事。

喧闹的大街使我过度亢奋，令我如痴如醉，我总是在街上哄闹斗殴，因此家里人不许我到街上去。我很有劲儿，而且打起架来身手敏捷，但我的对手们总是一拥而上，因此我总是吃亏，通常都是满身伤痕。

这些我并不在意，我气愤的是那些残忍的街头恶作剧，我无法忍受有些人给鸡、狗下毒，虐待小猫，并捉弄无辜的醉汉。

流浪在街头的另一个人更让我难过，那就是格里高里。他的眼睛已经全瞎了，现在四处乞讨，靠人施舍度日。只要一见到他，我就会跑回家，对外婆说："我刚看到格里高里在街上走呢！"

"是吗？"外婆不安起来，她充满怜悯地叫道，"快去，把这些东西拿给他！"但是我每次都粗鲁地拒绝了。于是她自己走出大门，站在人行道上，同他聊上许久。偶尔，外婆会把他叫进厨房，让他吃些东西。

有一次，格里高里忽然问起外婆我在哪里。外婆叫我，我却躲了起来，我没法站到他面前——对他，我有一种难以克制的惭愧，我知道，外婆心里也感到很愧疚。

"你干吗要躲着他？"外婆小声问我，"他喜欢你，他是个好人。"

"外公为什么不养着他？"我问。

"你外公吗？"她紧紧抱住我，在我耳边低声说，"上帝会因为这个人而狠狠地惩罚我们的！你记住我说的话！"

十年之后，她的预言果然成真了：外婆去世了，外公也破产了，他变得疯疯癫癫，流落街头，靠乞讨生活，唯有这句"唉，你们这些人啊"伴随着他走过余生。

童年 第四章

外公在卡那特街买了一幢房屋，原来的房子卖给了酒馆老板。新居比旧屋好看，也更招人喜欢，只是这一切来得很突然，我有些措手不及。屋子里住满了陌生的房客：前面的房间住着一个鞑靼军人和他的妻子。地窖和马厩的上面加盖的房子，住着两个运货的马车夫——小个子彼得和他的哑巴侄子，还有一个瘦长的鞑靼勤务兵瓦列依。

其中的一个房客"好事儿"，最令我感兴趣。他是一个瘦削的、有些驼背的人，戴着眼镜，寡言少语，不引人注意，当有人请他吃饭或者喝茶的时候，他总是回答："好事儿啊！"

于是外婆无论当着他的面，还是背地里，开始叫他"好事儿"。"好事儿"的屋子里堆满了各种木箱和厚厚的书籍，还有许多盛着各种颜色的液体的瓶子、铜块、铁块和铅条。每天他都在小屋里忙来忙去，一会儿熔化铅块，一会儿又去焊接一些铜器。

"好事儿"的工作就像在玩儿魔术，这激起了我的好奇。我终于壮起胆子，走到他的窗前，问他："你是干什么的？"

"好事儿"看了我一会儿，就让我从窗户爬进去，我更加觉得他很神秘。

"你从哪里来的？"他问我。

"我是房东的外孙。"

"是这样啊。"

过了一会儿，他问我："你会玩儿打拐子游戏吗？"

"是羊拐子吗？会打。"

"那我做一只灌铅的羊拐子给你，但是你以后别来找我了，好吗？"

"好的，既然你这么要求，我永远都不会来了！"他的话深深地伤害了我。

离开那里后，我满怀委屈地走进园子，看到外公正在侍弄果树。我过去问他"好事儿"究竟在忙些什么。

"他在糟蹋房子，我正要叫他搬走！"外公气冲冲地回答。

"是该这么做。"我附和道。

可没过多久，我不由自主地又去找他了。

他似乎有些不快地问道："你找我吗？"

"不。"

"那又有什么事？"

"没什么。"

他擦了擦眼镜，说："过来吧！"

我在他身旁坐下，他紧紧地搂着我的肩膀。"好好坐着。咱们就这样坐着，不要说话。听说你挺倔强，是吗？"

"是这样。"

我们沉默了许久，一句话都没说。当天色越来越暗，四周的一切已经模糊起来时，他说："够了，回屋去吧！"

从这天开始，我们成了朋友。我可以随时到他屋里去，看他熔铅、烧铜，他手里不停地变换着木锉、锉刀、纱布，有时候他还往杯子里倒各种各样的液体，并观察它们的变化。

"你在做什么？是不是假币？"

"我在做一样小玩意儿，老弟。别听你外公乱说，我知道一定是他！钱这东西对我来说算不得什么。"

"那用什么买面包呢？"

"你说得对，买面包或其他东西当然需要钱。"

他微笑着，笑容十分亲切。

很快，我发现"好事儿"这个人很好相处。无论是委屈、伤心的日子，还是欢乐的时刻，我都和他形影不离。不过，我知道所有的人对"好事儿"都很不友善，也瞧不起他。

"你干吗老往他那儿钻？"外婆怒气冲冲地问我，"当心他把你教坏了。"只要外公知道我去过"好事儿"的屋里，他就会狠狠打我一顿。

"好事儿"终于被赶走了。有一天，我吃过早茶之后去找他，看见他正忙着往箱子里装东西。"再见了，老弟，我就要离开这儿了。"

"为什么他们都不喜欢你？"我望着他，心如刀绞一般难受。

"因为我是外人，你懂吗？"他说，"别难过，更用不着哭鼻子。"可他自己的眼泪却从模糊的镜片后面流了下来，还极力掩饰，以免被我看到。

傍晚时分，"好事儿"同所有的人亲切告别，紧紧地同我拥抱。他终于搬走了。

晚饭的时候，外公说："谢天谢地，这回好了！否则我一见着他，就像心口捅了一把刀子，想着得尽快把他撵走！"一听这话，我气得难以克制自己，好在外公没有发觉。

我同"好事儿"的友谊到此结束了。他是我在数不清的"外人"中结识的第一位好人。

"好事儿"走了之后，马车夫彼得大叔成了我的新朋友。他很健谈，同我说话的时候比对别人温和一些。

此外，他还常常从城里给我带回麦芽糖饼和罂粟油饼，请大家吃他喜爱的果酱时，他给我的那块面包总是抹得厚一些。不过他身上有些东西我还是不太喜欢。

一次，我和舅舅家的两个表哥捉弄贝特林格家的老爷，被外公逮住，狠狠地教训了我。我被打得遍体鳞伤，躺在床上动弹不得。贝特林格家老爷那张无辜的脸在我眼前不停地晃动，我朝他吐口水的时候，他像小狗崽一样发出"呜呜"的叫声，我心里感到说不出的羞愧。这时彼得大叔兴高采烈地来到我的床前。

"少爷，你真棒啊！早该治治这头老山羊了，对那老爷就该吐口水。他活该，最好是用石头砸一下才解气！"

我忍住疼痛推开他，再也不想和他说话。

我又留意起邻居奥夫相尼科夫上校一家。几乎每天下午都有三个男孩儿在院子里玩耍，可是他们之间从不吵闹。许多次，我坐在树杈上，等待他们叫我一道玩耍，他们却不理我，我很不理解他们为什么这样对我。

有一天，他们玩儿起了捉迷藏的游戏。老三在慌乱中居然掉进了井里，我帮助他们把老三救了出来，就这样我和他们成了朋友。

大约有一个星期了，我都没有见到三兄弟出来玩耍，在我的盼望中他们终于又出现了。我们高兴地钻到一辆旧雪橇里，像久别的朋友一样相互端详着，没完没了地问着。

"你们挨打了吧？"我同情地问。

"对，被揍了一顿。"老大回答。

这样的孩子也会像我一样挨打，确实值得同情。

到了晚上，一位老人突然出现在我们面前。"这是谁？"他指着我问。

老大向我外公的房子指了一下："是那家的。"

"谁让你们和他一起玩儿的？"

兄弟三个立刻跑回了家，一句话都没有说。

然后，老人用力抓住我，带到了外公家。他大吵大闹，教训了外公一通，我则被外公一脚踢到了彼得大叔的大车上。

"少爷，为什么事挨揍啊？"他一边卸马，一边问我。

他听了我的解释后顿时发起怒来，"瞧你，竟然因为他们被打成这样，我恨他们！"

"他们也是好孩子，不怪他们。"我叫了起来。可没有想到他看了我一眼，突然吼道："给我滚开。"

"你是浑蛋！"我也大声喊道，立即从车上跳到地上。

他想抓住我，便满院子追着我跑，可是总也追不上，他发誓要叫我见识一下他的厉害。

于是我和彼得之间的战争开始了：他总是有意无意地撞我一下，或是用马缰绳扫我一下，而且时常在外公面前告我的状，挑拨我们的关系。我也不甘示弱，拆开他的树皮鞋，在他的皮帽子里撒辣椒末儿来捉弄他。我们越来越像两个孩子在互相争斗了。

彼得的哑巴侄子回乡下娶媳妇儿，他就独自住在马厩上方的小房间里了。他睡觉时也不熄灯，这让外公很不高兴，外公经常警告他这样早晚会发生火灾。

"不会的，放心吧，我把油灯放在盛了水的盆子里。"他冷漠地回答。

彼得的生活越来越乏味。他不再请大家吃果酱，眼神经常游离在远处，显出不屑的表情。

一天早上，满院都是大雪。我和外公在忙着清扫，一个警察把外公叫了过去。

我马上跑进厨房，把这件事告诉了外婆，她静静地说："看来他偷了别人的东西了，你去玩儿吧，不关你的事。"

直到傍晚，一个胖警察来到我们家，外婆问他："你们是怎么知道这件事的？"

胖警察回答："我们什么事都能调查清楚，这你不用担心。"这时，邻居彼得罗夫娜的大嗓门儿传过来："出事了，快到后院来！"片刻间，屋里所有的人都冲向园子。

到了园子，他们才发现彼得大叔躺在大坑里，一动不动。他脑袋低垂，右耳下面有一道深深的裂口，胸脯上挂着一个铜十字架，上面粘着血。

整个晚上。外公家里一直吵吵嚷嚷的，屋子里挤满了陌生人。一个麻脸的胖子说："这个人的真实姓名目前还不清楚，只了解到他是叶拉季玛人，那个哑巴根本不哑，他全都招认了，他们是一伙小偷，有时就在教堂行窃。"

屋子里充满了狰狞，令人无比恐惧。

第五章 童年

一天早上，我在厨房听到母亲在隔壁说："那现在怎么办? 该把我杀了吗?"
听到后我不由自主颤抖起来，于是把门轻轻推开。

"不认得妈妈了? "母亲说，"天哪，你长这么大了! 你们都给他穿些什么呀，
真是的! "她站在屋子中间，头发变得更加光亮金黄，眼睛也更大。

周围的一切都无比寒酸，简直无法和妈妈相比。

"瞧你的衬衣，多脏! 看到我高兴吗? 快告诉我，我的孩子。"

外婆低声说："这孩子太任性了，一点儿也不听话，连他外公也不怕。"

母亲抚摸我的头发，说道："这没什么大不了的! 你的头发也该剪了，该上
学了。"

外公走了进来，他两眼通红，面色灰暗。母亲大声问道："爸爸，你要让我离开这儿吗？"

"阿列克塞，你走开。"外公闷声闷气地说。

"为什么？"母亲反问着，把我揽到身边，对我说，"你哪儿也不准去。"然后立即走到外公背后，"爸爸，你听我说……"

外公大声叫道："我都嫌丢人现眼，给我闭嘴！"外婆看到情况不好，便叫我出去。

我走进厨房，听着隔壁房里的谈话。他们一会儿抢着说话，像在争吵，一会儿又都一声不吭。我听到他们说妈妈生了一个孩子，又送给别人了。

过了一会儿，外公疲惫地走进厨房，外婆跟着走进来，在外公跟前跪下，轻言细语地说："看在上帝的份儿上，原谅她吧！毕竟是女人嘛，谁能保证她不犯任何错误呢？"

外公抱怨道："当然喽，你谁都原谅。唉……"

傍晚的时候，趁着外公、外婆一起去祈祷。母亲和我聊了起来，"你过得好不好呀？"

"我不知道。"

"外公为什么对你发火？"我问她。

"我对不住他。"

"你应该把那个孩子带回来。"

她哈哈大笑起来："你啊，你还小，不准说这个，听妈妈的。"

母亲喜欢沉默，这次她的话依旧很少。我们紧紧依偎在一起，默默地坐着，直到外公和外婆从教堂回来。

从此，母亲便亲自教我识字背诗。刚开始的时候，我总是把诗句背错，母亲很生气。她给我的功课越来越多，算术我还能勉强应付，但是我讨厌作文，语法更是一窍不通。那段日子，我几乎都对自己绝望了。

一天，雅可夫舅舅带着一个钟表匠来了。这个人皮肤黝黑，瞎了一只眼睛，秃顶，总是面无表情。外公与他交谈时，他总是心不在焉，还不时朝母亲那边张望，不住地点头。

过了几天，外婆惊慌地推开门对妈妈说："瓦尔瓦拉，他来了！"

原来是钟表匠来了。过了一会儿，门又被打开了，外公站在门口说："瓦尔瓦拉，快穿上衣服，走吧。"母亲却坐着不动，丝毫不想离开。

"别闹了，他是个安分守己的手艺人，也会善待阿列克塞。"听到这里，母亲打断了外公的话，"我已经告诉过您我不同意！别想了！"

外公声音嘶哑地吼道："现在就请跟我走吧！要不然，我就拽着你的辫子，拖你走！"

"是吗？"母亲的脸色一下子变得十分苍白，轻蔑地看着外公。然后，她扯掉上衣和裙子，身上只剩下一件单薄的衬衣，走到外公跟前说："您就拖吧。"

　　无助的外公突然跪下来央求她:"瓦尔瓦拉,别让我们丢人现眼了,好吗?"钟表匠也走了出来,外婆跟在他身后一边鞠躬一边说:"您是知道的,强扭的瓜不甜,真的很对不起您!"

　　钟表匠在门廊里绊了一个趔趄,他一个箭步跳到院子里,离开了。外婆吓得浑身哆嗦,在胸前不停地画着十字,又好像在默默哭泣。

　　出人意料,午饭时却很安静,他们吃得都很多,丝毫看不出曾经发生过争吵。对于这些争吵和喧闹,我早已习惯。许多年以后我才明白,俄罗斯人由于生活穷困,都喜欢用吵闹来发泄痛苦,而代替本应具有的羞愧感。

　　从此以后,母亲日益坚强,俨然成了家里的主人。外公却日渐衰败落魄,无精打采。他的话越来越少,唯一令人欣慰的是,他对母亲的态度温和多了。

　　圣诞节过后,米哈伊尔舅舅又结了婚。他的妻子不喜欢萨沙,把他赶出了家门。在外婆的坚持下,外公让萨沙进了这个家门,而我也有机会和他一起上学。

　　表哥头几天还很满意,可是有一次上课的时候他睡着了,被叫醒后,又被赶出了教室,还被同学们嘲笑了一整天。第二天,我们去上学的路上,他突然告诉我不想上学了,然后就跑掉了,我想追都追赶不上。

　　外公找到他后狠狠地揍了他一顿,但是第二天,他又失踪了。

　　大家心急如焚,找遍了全城所有萨沙可能去的地方,疲惫不堪,直到傍晚才在一个酒馆里找到正在跳舞的萨沙。奇怪的是,回到家后,外公居然没有打他。夜里,萨沙和我并排躺在床上,他说:"后妈不喜欢我,祖父、父亲也都讨厌我,我要离开他们。哪里有强盗,我就投奔他们去,想和我一起走吗?"

　　我告诉他我有自己的打算,希望将来当一个军官,所以必须先完成学业,收获知识。表哥听了点头说道:"这也好,等你当上了军官,我要是成了强盗首领,到时咱俩还不拼个你死我活?不过,我是不忍心杀你的。""我也不会杀你,我的表哥。"我说。

　　第二天早上醒来,我发现自己全身长满了红色的斑点,吓得大叫起来。外婆跑过来，说我是出天花了，这是一种很厉害的传染病。于是把我安置在后面的阁楼上，和大家隔离开，又用绷带把我的手脚缠住，防止我跑出来。每天只有外婆一个人来看我。

她像喂小孩儿一样耐心地喂我吃饭，还不知疲倦地给我讲童话故事。我不再寂寞，身体也日渐康复了。

一次，外婆提起了我的父亲，她对我说："昨晚，我做了一个噩梦，梦见你的父亲吹着口哨，拄着一根木棍在荒野里走着，一条花狗跟在他的后面，看来，他的灵魂还在四处游荡。"

　　这时我才知道我的祖父曾是一名军官，由于犯了错被流放到西伯利亚。我的父亲在九岁时便成了一个孤儿，被一位木匠收养长大，十六岁的时候，他到了尼日尼，成为了一名木匠，二十岁时已经是个很出色的木工师傅了。他干活的那家作坊紧挨着外公的房子，两家关系还不错。

　　那时候，外公的日子很红火，有钱又有好名声。父亲和母亲私下订了婚事，不敢让外公知道，只悄悄地告诉了外婆，并偷偷去教堂举行了婚礼。外公听到消息赶到教堂时，已经无法挽回这桩婚姻。我的两个舅舅冲了上去，可是他们打不过身体强壮的父亲，父亲冷静地对外公说："我得到的是上帝赐予我的，谁也不能夺走，您就接受这个事实吧！我不想看到任何没有必要的争斗，尤其是和你们这些我的亲人。"

　　外公当即宣布与我母亲断绝父女关系，过了很长一段时间以后，外公终于忍不住了，就把外婆又骂了一顿，然后暗示她可以让两个孩子搬回来住了。然而，父亲与外公性格差别很大，住在一起经常闹矛盾。舅舅们也不喜欢他，双方互不妥协。在我出生之后的一个冬天，两个舅舅骗我父亲一起去滑冰，趁我父亲不注意，将他推进了冰窟窿里。父亲等到他们走远了，才爬出冰窟，险些淹死。

　　父亲对此伤心不已，他病倒了，躺了近两个月。即便如此，当警察找上门来的时候，父亲坚持说是自己不小心掉进冰窟窿里的，让舅舅们免去了牢狱之灾。病愈之后，他和母亲就去了阿斯特拉罕。

　　外婆给我讲父亲的事的时候，外公有时会突然走进来听一会儿，偶尔也会嘟囔几句。

　　这也难怪，现在外公已经破产了。他借了一大笔钱给一位贵族老爷，结果那位贵族老爷却破产了，害得外公血本无归。

　　母亲很少来看望我，但是打扮得越来越漂亮，让我觉得越来越陌生。一些夜里，父亲的身影会出现在我的梦中，隐隐约约他在漫无目的地行走，孤单而又无助，可无论如何，我怎么也抓不住他的身影。

童年 第六章

我在天黑前依偎着外婆，胆怯地看着屋子里的两个陌生人。其中一个是干瘦的老太婆，下嘴唇耷拉着，露出满嘴青牙。另一个是高个子，脸色苍白的男人。

"这是你的祖母。"母亲指了指那个老太婆，又把那个男人推到我跟前，说："他叫叶夫根尼，是你的父亲。"

我的父亲？难以置信，我于是闭上双眼，假装晕了过去。外婆赶紧抱起我，朝门口走去。

家里的一切却变得越来越陌生了，我尤其不喜欢这个老太婆和她的儿子。一次，我偷偷地在未来继父和祖母的椅子上涂了樱树胶，他们坐下去时毫无察觉，要站起来时，半天都站不起来，惹得在场的人哈哈大笑，因此外公把我揍了一顿。过后，母亲把我抱在怀里，说道："你干吗总要捣鬼？这样好让我为难！"

母亲的眼里盈满了泪水，我的心突然软了下来，保证再也不得罪叶夫根尼家的人了。

"你不该淘气。"她轻声说，"叶夫根尼是个好人，我很快就要跟他结婚了，然后我们会去莫斯科，然后再回来，到那时你就可以跟我们住在一起了。"

母亲几天后就和继父在教堂举行了婚

礼。婚礼之后的第二天，他们一起去了莫斯科。当马车向前驶去的时候，母亲好几次回过头挥动她的小手绢。外婆一边哭，一边不停地挥舞着手臂，甚至来不及擦干眼泪。

外公要把房子卖掉，因为母亲需要置办嫁妆。卖房的前几天，他突然阴沉着脸，对外婆说道："老婆子，你自己去挣钱养活自己吧！我也养够你了。"外婆平静地接受了，并没有多说什么。

外公把房子卖掉以后，我们搬到了一幢旧房子的地下室里，那里阴暗又潮湿。

母亲和继父回来了。大家围坐在一起喝茶，气氛很沉闷。外公问道："这么说，全都烧光了？"

"全烧光了。"继父肯定地说，"我们两个人好不容易才跑出来的。"

"叶夫根尼先生，"外公突然大声说，"据我所知并没有发生什么火灾，是你赌钱输光了所有的家当！"

终于，母亲开口了："爸爸……"

"住嘴！"外公怒不可遏地叫起来，"你还想我怎么帮你？我告诫过你：一个三十岁的女人不能嫁给一个二十岁的男人，结果怎么样？"说到这里，四个人吵了

起来，其中要数继父的嗓门儿最大。

后来，我们到了索尔莫夫村，住进了一间简陋的房子。我和外婆住在厨房，母亲和继父住在窗户临街的两间屋子里，而外公仍然住在那个地下室里。身怀六甲的母亲老是咳嗽，她脸

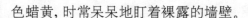

色蜡黄，时常呆呆地盯着裸露的墙壁。

平日里，继父很少说话，却对我格外严厉，并且越来越频繁地跟母亲吵架。有一次，我听见他大喊大叫："你这头母牛！就因为你这大肚子，我不能请别人到家里来做客！"

想到这种生活带给我的是无尽的孤寂，一种令人发狂的屈辱感顿时喷涌而出，我在愤怒之下竟然咬破了舌头而没有察觉，这个荒谬绝伦而且充满仇恨的世界让我愤恨难平。

一天喝晚茶的时候，我在院子里听见母亲声嘶力竭地喊道："叶夫根尼，我求求你……"

"别说蠢话了！"继父说。

"我知道你要到她那儿去。"

"那又怎么样？"

母亲咳嗽了几声后骂道："你这个恶毒的浑蛋……"

接着，我听见继父开始殴打她，便马上冲进屋子里。只见继父正狠踢母亲的胸口。我顿时怒火中烧，抓起桌子上的刀子向他刺去。

母亲一把推开叶夫根尼，刀子从他的腰际划过，把他的新制服划开了一道大口子，但只擦破了他的皮。继父"哎哟"一声，捂着腰踉跄着冲出了屋子。母亲哭喊着把我提起来摔到地上。

看到继父已经走开，母亲来到厨房，小心地搂住我，亲吻我，哭着说："亲爱的，对不起，都是我的错！唉，但你怎么能动刀子呢？"

"我要杀了继父，然后再自杀。"这都是我的心里话。

我又一次回到了外公那里。直到现在，每当想起童年的往事，我还依稀能够看见继父那条长腿不停踢向可怜的母亲。

"你怎么又回来了？"他敲着桌子怒吼着，"告诉你，我不会再养活你了，找你的外婆去吧！"

外婆答应能够照顾我，说，"难道只有你才有能力养活他吗？"

"那你就养他好了！"外公叫道，随即又向我解释说他们已经分家了，而我并不在意他说的。家里所有的开支都区分开了，今天外婆出钱买食品，明天就归外公买食物和面包，茶叶和糖等生活必需品都是各管各的。

我也能挣钱了。每天放学后和节假日的时间，我总是拎着口袋去捡牛骨头、破布、碎纸和钉子。每到周六，我捡的各种废品可以卖到三十戈比到五十戈比或更多。

我很喜欢这种自由自在的街头生活，虽然同学们都嘲笑我，还叫我"破烂王"。可喜的是，我顺利地通过了升入三年级的考试，老师还发给我一张奖状和一些奖品：一本福音书、一本硬皮的《克雷洛夫寓言》和一本叫做《法塔·莫尔加娜》的书。外公高兴极了，说这些东西要好好保存。

外婆已经病了好几天，于是我把奖品卖掉，得到五十五戈比，把它们交给了外婆，只把奖状交给了外公，他小心翼翼地把那张纸折好，锁了起来。

好日子并不长久。先是继父被解雇，接着他又失踪了，母亲只好带着两个小弟弟又搬到了外公家，我便担当起照顾小弟弟的责任，外婆靠为别人缝制圣像养家。

小弟弟柯利亚被不知得了什么病，奄奄一息。外公小心地摸了摸他的头，说道："应该给他多吃点儿，可是没有办法啊，我的粮食可不够养活你们这么多人！"

此时的母亲已经骨瘦如柴，她叹了口气，说："他一个小孩子，能吃多少呢？"

继父几天后又回来了，他告诉大家他在车站找了一份新的工作，并在附近租一处干净的住宅。

八月里的一个星期天，母亲还是永远地离开了我们。那天早上，她用特别清晰的声音对我说："去找叶夫根尼，就说我求他来一趟。快去！"

继父祷告去了，外婆又打发我去买烟丝，等我回来时，母亲已经坐在桌旁，她穿上了干净的淡紫色连衣裙，头发梳得整整齐齐，像过去一样神气。

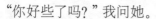

"你好些了吗？"我问她。

她镇定地看着我，说道："过来，你上哪儿淘气去了，去了这么久？"她从椅子上站起来，慢慢地挪到床边，躺到床上，这么短的距离已经累得她大汗直流。

"水，给我点儿水。"她的气息已经很微弱了。我递到她面前一碗水，她艰难地抬起头，喝了一口，使劲儿地喘着气。

我注意到她的手指慢慢地颤抖着，双手摸索着移到胸前，一层阴影罩在她的脸上，并迅速散开去。突然她的嘴张开了，没了呼吸。母亲就这样与我永别了。

安葬了母亲之后，没过几天，外公对我说："阿列克塞，你可不是一块奖章，不能老挂在我的脖子上。你长大了，还是自己到外面谋生去吧！"

我没有犹豫，我想，我一定要到人间好好生活，我自己也一定能谋生。

在人间 第一章

进入人间后的我首先在一家鞋店里当学徒，我的表兄萨沙也在那里，此外还有一个红脸的大伙计，外公带我去见老板的时候，托萨沙照顾我。

刚一见面，胖老板就对我说："不许偷东西，站在门口要像雕像一样。"虽然我不知道什么是雕像，但猜想一定是个非常老实的家伙。

红脸的大伙计非常会讨女顾客的欢心，每次看见他纠缠女顾客的样子我都想笑。有一次，他摸了摸一位棕色头发的女顾客的脚，然后又吻了吻自己的手指。

女人叫了起来，"你真调皮！"看到这一切，我忍不住哈哈大笑起来，大伙计冲着我跺脚，老板用戴着大金戒指的手指敲我的脑袋，萨沙要拧我的耳朵。

傍晚回家去的路上，萨沙狠狠地说我："你再胡闹，人家会把你撵走的，这有什么好笑的？太太们为了看看讨人喜欢的伙计，就是不需要鞋子也会特地跑来买一双，可你就是不明白！叫人家替你操心……"我感到委屈，认为这个根本就不值得操心。

每天早上，厨娘总是比萨沙早一个钟头把我叫起来。

我得擦好大家的鞋，刷好萨沙他们的衣服，然后劈柴烧水。一到铺子里，就打扫屋子，给买主家送货，之后再回去取午饭。这里没有外婆，没有朋友，我感觉很寂寞，没有头绪的劳动又令我茫然无措。

这三个家伙已经习惯在顾客面前说奉承话，送走她们以后，就立刻换一副嘴脸骂个不停。当然，我知道世上的人，彼此都在背后说坏话，可是这三个家伙从不夸奖任何人，这很让人意外。

有一次他们又在背后说一个女顾客的坏话，我决定不再容忍，趁老板睡觉，在他们的金表机件上滴了一点儿醋，看见他们醒来后慌张的样子，我无比高兴。

铺子后边有间教堂，看门的老人和周围的人不一样，我很喜欢这个老头儿。一天，我正在铺子门前清理货箱。这时，教堂里看门的那个老头儿走到我的跟前。

"给我偷一双套鞋好吗？"他对我说。

"不能偷！"我对他说。

"可是有人偷呀，给我老头儿个面子吧！"我觉得他很相信我，我愿意替他偷。于是我答应从通风窗里塞给他一双套鞋。结果他并不太高兴，默默地坐了一会儿说："要是我受了你老板的嘱托，是来试探你的，那你怎么办？"我发愣地望着他，看起来他已经在那样做。

没想到，过了一会儿，他却推开我，站起身来说："我不要偷来的套鞋，我是穷人，用不着穿套鞋，我只是跟你开个玩笑，你很厚道。到了复活节，我放你到钟楼上去，你可以放放风，撞撞钟。"说完他就离开了我。

望着他的背影，我忐忑不安地想：那老头儿当真只是开玩笑，还是老板叫他来试探我呢？我很害怕。突然萨沙从旁边跳出来，吓了我一跳。我随口就问："你偷东西吗？"因为我常常看到萨沙和大伙计偷老板的东西。他怪异地看了看我，郑重地说："不是我，是大伙计，我只是帮他的忙，不然，他会给我使坏的。别忘了，老板也是伙计出身！"

看着眼前的这个家伙，真有一种滑稽可笑的感觉，他整天学大伙计的派头，还

时常指责我。又很憎恶厨娘，我实在说不准她是好人还是坏人，不过她总是给人一种奇怪的感觉。

厨娘瞧不起任何人，看见谁都生气。我每次经过她的身边，都能闻到她身上发出一种白蜡和神香的气息。

她对我也一点儿不客气，每天早晨一到六点钟，就拉我的大腿，发出一个个的命令叫我去完成。

不久后这声音就不再来烦我了，厨娘的死我和萨沙都看见了。她弯下腰去端茶具，突然倒在地上，好像被谁推了一把，就那样默默地侧身栽倒，两条胳膊向前伸着，一股子血从嘴里冒出来。我们都吓得直发愣，一句话也说不出来。

慌乱中，萨沙从厨房里奔出去叫人。我却不知道怎样才好，老板走进来，用指头摸了摸她的脸，说："真的死了，怎么回事呀？彼什科夫，快去找警察！"

警察很快到来，在屋子里转了一圈，拿了一点儿小费就走了。不一会儿又回来了，带着一个马车夫，把尸体扛到街上去了。

厨娘死后，萨沙对我温和了许多，还把他的宝贝箱子拿给我看，里面都是一些他捡来的小东西，并向我一件件地展示。

"你想要我送你点儿什么吗？"其实这些东西我一点儿也没看上，以前我收集的种类更多。他看我不稀罕他的东西，有些不高兴了，沉默了一会儿，低声对我说："有时间，我带你到园子里去瞧一样东西——准叫你大吃一惊！"

几天后的一个中午，萨沙偷偷地带我来到一棵椴树下，确认四周无人后，然后蹲下去，摊开树下的落叶，便看到下边埋藏的是屋顶上使的烂洋铁皮，再往下是一块方板，最后出现在我眼前的是一个大洞，一直通到树根底下。萨沙点着蜡头，探进洞里。

"你瞧吧！可别害怕。"我小心翼翼地向树根下面的洞底望去。

我看到这个老树根已经成了这个洞的屋顶，萨沙在洞底里点了三支蜡烛。洞身相当大，旁边嵌满彩色玻璃和茶具的碎瓷片，中间隆起的地方搁着一口小棺材，里面放着一只死了的麻雀。棺材后边搁着一张灵台,台上放着一个十字架,这一切绝对出乎我的意料。

"好玩儿吗?"萨沙问。

"不怎么样!"我说。

于是他很快地盖上木板和铁皮,然后站起身,厉声地问:"你为什么不喜欢?"

"我可怜那麻雀。"

他在我的胸口推了一把,大声骂道:"你一定是心里妒嫉,才说不喜欢,你以为能比我做得更好吗?"

"当然!"

萨沙开始暴躁起来,他脱去上衣,往地上一扔,提议道:"那么,我们只好打一架看看了。"说着他就向我扑过来。

我被他一头撞到胸口,瞬间就倒下了,他骑到我的身上,骂道:"笨蛋,你要活还是要死?"

　　我气力比他大，没过一会儿，他就脸朝地趴着，两手抱着脑袋，发出嘶哑的声音不动了。这时，我有些害怕了，走到一边，不知怎样才好。

　　他却抬起脑袋，愤愤地说："怎么，打赢了吗? 我就这么躺着，让老板家里的人瞧见，他们一定会把你赶走! "

　　他的话把我激怒了，我索性跑到洞口那边，把那装麻雀的棺材扔到木栅栏外面去，又把洞里的东西一股脑儿地搬出来，用脚将洞踩平。萨沙对我的做法露出很奇怪的表情。他坐在地上，一声不响地望着我。

　　我很快就干完了，他慢吞吞地站起来，说："你等着瞧吧，用不了多久，要知道，这都是我给你故意做好的，这是魔法! "

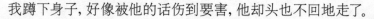

我蹲下身子，好像被他的话伤到要害，他却头也不回地走了。

没有想到，第二天，魔法果真应验了。早上起来的时候，我的脸上被涂了一层厚厚的煤烟。擦鞋的时候，所有的鞋里都放上了大头针，而且放的位置正好能扎到手心。这一定是萨沙干的，于是我舀了一勺凉水，走到那个还没有醒来，或者正在装睡的魔法师身边，泼了他一脑袋，然后感觉无比解恨。

可是我心里仍旧不痛快，总是对他说的话耿耿于怀，我决定当天晚上逃走。可在烧汤的时候，因为想得出了神，打翻了汤锅，我的手被烫伤了，这样一来，我被送进了医院。

第二天，当我睁开眼睛的时候，就看见外婆坐在我身边："怎么啦，心肝儿，还疼吗？"

我始终觉得我在做梦，我不出声。医生来了，帮我换了纱布。我和外婆坐上马车，离开了医院。

"咱们家的老爷子真是疯啦，他交了一个新朋友，可是这个新朋友却偷了他一百卢布。唉！他都要气死了。"外婆说。

看着她的样子，我的心开始颤动起来，"外婆，我真喜欢你！"

我的话并没有使她惊奇，她平静地对我说："因为我们是亲人呀！不是我自己夸口，连外人也都喜欢我呢！"她微笑着，又说："圣母喜欢的日子快要到了，她的儿子复活了，可是，我的女儿瓦尔瓦拉，她又什么时候可以复活，重新回到我的身边呢？"

在 人 间

第二章

一看到我，外祖父赶紧就放下手中的活，开始讽刺我："你好呀，老爷，以后你就享福了，不是这样吗？"

外祖母急忙把他赶走，回过头说："你外公现在完全变成穷光蛋了。他那点儿钱全都被别人拿走了。不知道怎么弄的，也许这都是因为我们不帮助穷人，不对可怜的人行善吧！所以，现在我常常把自己挣来的钱，半夜里悄悄拿去施舍给几户人家，你要是愿意，今天我们一起去！"于是我们回到屋子，屋子几乎还是那个老样子，只是显得更加破旧了。

外公床边的墙上还贴了一张纸，用粗大的印刷字体写着：唯一的活救主耶稣，愿您神圣的名字，每天每时与我同在。

外婆看到我有些疑惑，微笑着说："这张纸值一百卢布呢！"我忽然想起偷外公钱的人。

"住嘴！"外公呵斥道，"我就是把东西都送给外人你也管不着。"

我来到街上，听到了很多不好的消息。维亚希尔死了，哈比到城里去了，雅兹两腿瘫痪了……科斯特罗马还告诉我，院子里，新搬来了一家姓叶夫谢延科的，有一个男孩儿，两个女孩儿。他和丘尔卡都爱上了那个稍大点儿有些瘸腿的姑娘，他们老是因为这件事闹别扭。

这天晚上，我见到了那个瘸腿的女孩儿。她失手把拐棍儿弄掉了，在石阶上茫然无措地站着，那么瘦小、纤弱。我想帮助她，可是双手捆着绷带，无法用力。

"你的手怎么啦？"

"烫坏的。"

"啊！我也是个瘸子，我叫柳德米拉，我们认识一下，好吗？"她穿一件白底天蓝色马蹄花纹的衣服，虽然旧些，但是很整洁。

但我并不喜欢她，她的病弱的身子好像一直在拒绝外人们。我很奇怪，我的朋友都很喜欢她。

外婆在半夜叫醒还在熟睡的我，"我们走吧！替别人做些事，或许这样你也可以快点儿康复。"于是她拉着我的手，来到外面。

我和外婆悄悄在人家房前放下"无声的布施"。然后，外婆说："该回家啦，明天女人们醒来一瞧，圣母给她们的孩子备下了礼物，会很高兴的。"

我也暗暗欢喜，模糊地感到自己跟永远不能忘却的东西结合在一起了。

日子一天天地过去了，我希望有机会碰见柳德米拉，跟她说话，只要跟她一起，就是不做声也很愉快。她跟柳莺一样清丽，又常常给大家讲顿河哥萨克的生活，讲故事的时候大家都被她深深吸引住了。

科斯特罗马和丘尔卡为她闹得很凶，早先我们三个总是在一起，可是现在，丘尔卡跟科斯特罗马变成了敌对方，有一次，闹得大人们都出来干涉了。这使我很不高兴，眼看着一个个朋友要失去了，而且好像这都是柳德米拉的错误。

有一天傍晚，我在院子里收拾垃圾，柳德米拉摇摆着身子走了过来，"你好，"她说，"科斯特罗马是跟你一起的吗？"

"是。"

"丘尔卡呢？"

"丘尔卡不跟我们好，这都怪你，他们俩都爱上了你，所以才打架。"

"这真是无聊！我比他们都大，我十四岁，对年长的姑娘是不能谈爱的，难道他们不知道？"

"你懂什么！"我想气气她，于是提高嗓子说，"那个女掌柜都是老太婆了，还跟小伙子胡闹呢！"

"你才不懂呢。"她说道，"女掌柜原来就不正经，难道我也是那种人吗？你还是去念念《堪察加女人》那本小说吧，去念念第二部再来开口吧！"

她呜咽着走了，我有些同情她。

第二天我买了两戈比麦糖，打算送给她，希望能弥补我的过错。

她装做生气地说："去吧，我不跟你好了！"但马上把糖接过去，对我说："喂，找个地方躲起来念《堪察加女人》，好吗？"我答应了，于是我们决定在澡堂的更衣间里，那里很暗，不会被人发现。

她斜坐在窗口前，用感人的声调，念着一连串枯燥无味的句子，而我一句话也听不懂。

这以后，我们就常常躲在屋子里看书。不久柳德米拉不再念《堪察加女人》了，这使我很高兴。这书真是

无穷无尽,因为在我们读了第二部之后,又出现了许多其他部分。

不久,柳德米拉的母亲在一个毛皮匠那儿找到了工作,她妹妹上学校,兄弟去瓷砖厂。此后,我就上她家里去,帮她干活。

一次,她笑着对我说:"咱们好像一对夫妻呢!就是没睡在一起,而且比人家夫妻还过得和美,你要知道,男人从不会帮妻子干活。"

有时候外婆也到这儿来,外公进城的时候,柳德米拉就到我们家里来,外婆赞许我们的友谊:"男孩子跟女孩子要好,这是好事,但千万不能胡闹。"然后她又用简单明白的话告诉我们,什么叫做"胡闹"。

外婆说得清晰明了,我开始深刻懂得,花没有开放是不可以摘的,要不然就没有香味,也不会结果了。

到了晚上,科斯特罗马讲起了猎人卡里宁的故事:那是一个白发老头儿,是出名的坏蛋。他在不久前死了,大家没把他葬在墓地里,而是搁在地面上。每天晚上天一黑,老头儿就从棺材里爬出来在墓地上溜达,寻找什么,一直到第一次鸡叫才回去。

丘尔卡却有不同的看法,他对科斯特罗马说:"我亲眼瞧见棺材落葬的,什么死人在外边溜达,那是醉鬼铁匠造的谣言。"

这时,女掌柜的儿子瓦廖克走了过来说:"你们三个人当中,不管哪个,只要能在棺材顶上过一夜,我就给二十戈比和十支烟卷,要是害怕了跑回来,就让我拉耳朵拉个够,好不好?"

"要是给一卢布,我就去!"丘尔卡说。

"给二十戈比你就害怕吗?"科斯特罗马对瓦廖克说,"你就给他一卢布,反正他肯定不会去。"

"好,就给一卢布!"

听到这话,丘尔卡赶紧从地上站起来,溜走了。

瓦廖克说:"你们还真当自己是街上的勇士呢!"

我听了他的讥讽，心里很生气，于是告诉他："给我一卢布，我去。"

我临去墓地的时候，外婆对我画了十字，对我说："要是瞧见什么，一动都不要动，只要嘴里念着圣母赐福就行了……"

我跟跟跄跄地来到棺材边。这里太可怕了，闷热极了。这是凉爽的夜，我却一直在流汗。要是卡里宁老头儿真从坟墓里出来，我还来得及跑掉吗？

没有再多想，我裹在毯子里，缩着腿，坐在棺材上。身子稍微一动，棺材便轧轧作响。

忽然，在我的背后，不知什么东西掉在地上响了一声，接着又是一声，一块碎砖头落在身边，怪让人害怕的，但我立刻猜到这是瓦廖克跟他的同伴儿从墙外边扔进来的，他们想搞恶作剧。

在这可怕的黑暗当中，我想起很多以前的事，好像要凭借这些记忆来抵御恐惧吧！

天快亮了，我也困得不行，忙用毯子连头蒙住，把身子缩做一团，躺下了，随它去吧！

不知过了多久，外婆把我叫醒了，

"起来吧！没冻着吧？怎么样，害怕吗？"

"害怕，可是你别对别人说！"

"为什么不说？"她惊奇地问，"要是不可怕才怪呢！"

当天晚上我就成了街上的"英雄"。柳德米拉用亲切、惊异的眼光望着我。连外公对我都很满意，只有丘尔卡懊丧地说："我忽略了他的外婆是个巫婆。"

在人间 第三章

一天，外婆把我从屋顶叫下来，轻轻地说："柯利亚死了……"他的头滑落在枕头的外边，苍白的皮肤，鼓鼓的肚子，长满脓疮的歪腿。柯利亚就这样悄悄地离开了我们，像一颗小小的晨星，悄然消失，令我们手足无措。

外公走了进来，小心地摸了摸孩子，嘟哝着说："这孩子死了也好，活着也是一种痛苦，现在他解脱了。"他木然地瞧了外婆一眼说："我可没有钱埋他，你瞧着办吧！"一边说着，一边向院子走去。第二天早上埋葬柯利亚，雅兹的父亲掘开了我母亲的坟墓，把柯利亚的棺材放了下去，因为掘开墓穴要比重新找一块墓地下葬要便宜得多。

外婆跪在坟边一边磕头，一边哽咽着说："瓦尔瓦拉，我们不该惊动你……"外公用帽沿掩住眼睛，揪了揪磨损的外套，然后迅速离开。

天气很热，外婆很吃力地走着。我鼓起勇气问道："坟坑里那黑色的东西，是妈妈的棺材吗？"

"是的。"

她接着说："一年还不到，瓦尔瓦拉就腐烂了，都是沙土不好的原因。"

"所有的人都要烂吗？"

"是的，只有圣徒才不会。"外婆说。

"看来你不会烂掉，这真好！"

外婆却严肃地告诉我不要去想这些了。可是我仍在想：死，真叫人难过和讨厌！

晚上，在大门口，我对柳德米拉讲了早上见到的一切。

她跟街上那些女人一样，说着同样的话："做孤儿倒好些，我这样的人只能进修道院，一辈子不出来。瘸子不会做工，也不能出嫁。"

或许就是从这天晚上起，我对她不再感兴趣。

几天以后，我和外公、外婆一起到林子里打柴。

这些森林都是舒瓦洛夫伯爵家的，周围的人总是在这里捡枯枝，伐枯树，有机会时，对好树也不放过。

森林里有各种好看的树木，云杉撑开翅膀，像一只大鸟，白桦树像小姑娘，亭亭玉立。太阳在小丘上葱翠的果园和教堂金黄色的圆屋顶上慢慢升起。

"森林真是上帝的花园，美极了。"很难得，外公发出一声感慨。他劈碎倒下的树木，我把它们放在一起。

不知不觉间我跟着外婆走进了密林。

"蘑菇还是太少了！上帝，蘑菇是穷人的美味呀！"

我小心着不让她发现，默默地跟着她走，我不愿意打扰她跟上帝、青草、小蛙儿的谈话。

外婆发现我后却没有责备我，而是给我讲起了圣母救人的故事。

我们在森林里越走越远，来到一片浓荫密布的地方，许多鸟儿在这里唱歌，小青蛙在欢快地游玩，松鼠也吱吱地为鸟儿伴奏。在绿荫深处，隐约透出一块银碧色的天空。石莓果像一滴滴血，掩映在绿草中，蘑菇发出浓郁刺鼻的香气。

走着走着，我想：如果我去当强盗，就劫富济贫，帮助所有的穷人。圣母要是相信我的话，就让她给我智慧，让我把这世界改变成另一个样子。

在这个安静的大森林中，我的一切忧愁都消失了，一切不如意的事都忘掉了，同时养成了一种特别的警觉性，我的听觉、视觉都更敏锐，记忆力也更强。我们在森林里快乐地度过了整个夏天。

转眼到了深秋，我们把采集的草药、野果、核桃和蘑菇全部卖掉，生活的困难暂时缓解了不少。

我觉得外婆是最高贵的人，她最聪明、最善良，她也不断地加强我的这种信心。

她很节俭,在过节的日子,也只是穿破烂和打补丁的衣服,但是每次她卖蘑菇和核桃回来,都要拿一点儿钱放在人家的窗台上无声地布施。

一年后,我强壮多了,也习惯了这种森林的生活,这让我对同龄人的生活和柳德米拉,都失掉了兴趣。

有一天,外公从城里回来了,他决定送我到外婆的妹妹家去干活,以便我能跟外婆妹妹的儿子学画图,说不定也会成为一个绘图师。

晚上,我告诉柳德米拉,我要上城里干活去了,还要住在那儿。

"他们也要带我上城里去。爸爸想让我把这条腿截去,这样我的身体就会好起来。"

"你害怕吗?"我问。

"害怕。"她哭了起来。

我不知道怎么安慰她,其实我也很害怕城里的生活。令我发愁的是,现在是冬天,行动很不方便,天气经常不好;如果是夏天,我会说服外婆让我把柳德米拉带走,哪怕叫我去乞讨为生也可以。

在人间 第四章

告别了乡村的生活，我极不情愿地来到城里，住在一座两层楼的房里。这地方枯燥极了，又脏得要命。房子前面有一大片洼地，大家都把垃圾倒在洼地里，每天散发着难闻的气味，我只有默默地忍受着。

现在这片景象让我痛苦万分，因此我无比怀念旷野和森林的安静和快乐。

远处露出一间褐色的小房子，那是去年我在鞋铺里当学徒的地方。看见它我更加难受，我根本不想再回到这里来。

现在这家的主人和他的兄弟我都认识。他们还是以前的模样儿，哥哥长着鹰钩鼻子，长头发，脾气和善，令人见了愉快。兄弟维克托依旧是那张马脸，长满雀斑。他们的母亲，也就是我外婆的妹子，脾气很不好。

我不喜欢外婆的亲戚，我看亲戚之间的关系比外人还不如。无论什么坏事和笑柄，他们都彼此知道，比外人更详细，说起坏话来更恶毒，吵嘴打架更是家常便饭。

我却很喜欢主人，他时常满意地微笑，眼睛和蔼可亲。

婆媳俩每天都吵嘴，我真奇怪她们那么容易那样快就吵起来。早上，她们头发也不梳，衣服也没有穿整齐，就在屋子里走来走去，时刻准备打架。

她们午餐时候也可能拌嘴，不论婆婆烧什么菜，媳妇儿总是说："我妈妈可不是这样烧的。"然后开始大吵。

"你们这些老母鸡，别吵了！"主人脸上浮起和气的笑脸，露出洁白细密的牙齿，对他妻子和母亲说。

主人兄弟俩已经把桌子搬好，摊开白纸，搁上仪器匣、铅笔、砚台，面对面坐下，动手工作。桌子摇摇晃晃的，占满了屋子，主妇跟奶妈从婴儿室里出来的时候，身子就碰在桌角上。

"你们别老在这儿逛来逛去呀！"维克托叫了起来。

主妇委屈地向丈夫抱怨这里太拥挤，而她又有了身孕，还没有等到丈夫回答，老主妇就恶狠狠地说："你在干活，她有了四间屋子还产不下崽子来？"

可是媳妇儿却用更狠毒的俏皮话，滔滔不绝地冲婆婆骂着。然后把身子在椅子上一倒，哼道："我走，我去死！"

主人终于被激怒了，告诉她们别耽误自己干活，"我这样做牛做马，还不都是为了你们？"

这种吵闹使我非常害怕，特别是当主妇拿了一把菜刀，跑进厕所，把门扣上，在里边尖声大叫时，我更加害怕了。主人把两只手托在门上，弯着腰对我说："来，爬上去，把上边的玻璃打碎，把门钮摘开。"我急忙跳上他的脊梁，把门上边的玻璃打破。

当我把身子弯下去，主妇就用刀柄使劲儿打我的脑袋。可是，我终于摘开了门钮。主人一边打着，一边把妻子拖到餐室里，夺下了餐刀。

我揉着脑袋，很快就明白了夺下餐刀根本没有意义，因为它钝得要命，连切面包都费劲儿。发生了这件事之后，我不再害怕这家人的吵闹了。

每星期三我负责擦洗厨房的地板，擦茶具和其他的器皿，每星期六擦洗全住所的地板和两边的楼梯，还有厨房的卫生工作。

管理我的人是外婆的妹子，这位喜欢唠叨的、脾气挺大的老主妇，每天六点就起身，匆匆地把脸一洗，就跪在圣像面前，向上帝抱怨自己的生活、孩子和媳妇儿。

"上帝，请您替我责罚我的儿媳妇儿，把我所受的一切侮辱，都报应到她的身上吧。上帝，请您保佑维克托，赐给他您的恩惠。"

我不喜欢听她的祷告，因为即使我的外公也从来没有这样可怕地祷告过。

她们两个常常向主人告我的状。可是有一天，他漫不经心地对他母亲和妻子说："真不像话！我要多说几句了！你们把他当牛马使唤，要是换了别的孩子，早就逃跑了，否则只有活活累死。"

这句话把她们触怒了，媳妇儿跺着一只脚发疯地嚷："你怎么当着孩子说这样的话？你这样说了，我以后就没有办法再吩咐这个孩子了！"

等到还在愤怒的她们都离开之后，主人严厉地说："你瞧，小鬼，你搞的大事端！我要是送你回去，你又得去拣破烂儿了！"

我实在忍不住了，就对他说："拣破烂儿也比待在这儿强！叫我来当学徒，可你教过我什么？一天到晚就是干活。"听到这话，主人一把揪住我的头发，不过不疼，吃惊地说："脾气还不小，这可不行，不行。"

晚上，我认为我一定会被赶走。可是，过了一天，他拿了一卷厚纸，还有铅笔、三角板、仪器，跑到厨房里来："干完了活，照着这画一画。"说完他指着旁边的一张纸，上面画着一座两层楼的正面图。

终于可以学门技术了，做点儿真正想做的事了，这确实令我高兴。可是等我画完，我很吃惊，房子的正面不像样，窗子歪到一边去了，其中一扇悬在墙壁外边的空中，跟房子并起来了，门廊跟两层楼一样高，墙檐画到屋顶中间，天窗开在烟囱上。

怎么也想不出来，我竟然把画画成这样，于是我决定凭想象力来修改一下。在屋脊上画了鸽子和麻雀，窗前的地上，画了一些罗圈腿的人，但这也不能完全掩饰不成比例的样子。

我又在整个画面上画上一些斜线，就这样把画好了的图样送到主人那里去。

"这是什么呀？"

"天正在下雨。"我解释道，"下雨的时候，所有的房子看起来都是歪的，因为雨是歪的。还有这些都是鸟儿，正躲在墙檐里，天下雨的时候，它们就是这个样子。"

主人听了，不禁哈哈大笑起来。

这时，主妇摇着大肚子跑来，望了一下我的作品，对丈夫道："你该揍他一顿。"主人很和气地说："对小孩子不能这样！不要紧，我开头学的时候，也不比这个强多少。"于是，他在歪倒的房子正面上用红铅笔作出记号，又递给我几张纸。

"孩子，再去画一次，直到画好为止。"

第二次我画得比较好些，只有一扇窗子画到门上去了。

当我终于画好一张像原样的正面图时，他非常高兴："你瞧，不久就可以当我的助手了，现在，你去制一张房屋的平面图来。"

我跑到厨房里，正在闷头思考。可是我的绘图艺术研究，瞬间到这里就停止了。老主妇跑到我跟前来，抓起我的头发，把我的脸冲桌面撞去，把图纸撕得粉碎，把桌面上的绘画工具扔得老远。

等我起来，才发现她双手又在腰里，得意扬扬地嚷道："你想学画图？哼，我让你画！把本领教给外人，把唯一的一个骨肉兄弟撵走？这可办不到。"

主人跑来了，他的女人也跟过来。于是，一场大吵又揭幕了。三个人嚷着，骂着，大声嚎叫。等她们走开之后，主人告诉我这里已经闹得不成样子，还是先不要学了为好。

我好可怜他，他那副窝窝囊囊的样子，总是让女人

们的哭闹声弄得不知如何是好。其实我早就明白，老主妇不愿意让我学艺，老是故意捣乱，同时又竭力掩饰自己的诡计，只不过她的手段实在笨拙得很。

在我们院子里，还有两间厢房，大半住着军官。整个院子里都是勤务兵、传令兵、洗衣妇、老妈子、厨娘，常常上他们那儿去。在每个灶房里，经常演出争风吃醋的丑剧，经常听到哭骂、打闹声。

老主妇对院子里的事了如指掌，老是起劲儿地、幸灾乐祸地谈论着。儿媳妇儿一声不响，嘴唇上浮着微笑，倾听她的谈话。维克托总是听得津津有味。主人总是皱着眉头尽力躲开。

老主妇很爱二儿子，总是把油煎饼偷偷藏起来给他吃。有一次，我把罐子拿出来，偷吃了两个油煎饼，结果维克托把我揍了一顿。他很讨厌我，跟我讨厌他一样。

不久，外婆来看我了，我心里更难受了，因为她一定发现了这里的生活并不怎么样。她总是从后门进来，跨进厨房，对圣像画一个十字，然后对妹子深深地鞠躬，她紧闭着嘴，拘拘束束的样子，好像干了什么坏事一样，不

做一声，恭顺地回答妹子的问题。这个场景令我无比压抑。

"怎么样，仍旧过着叫花子一样的日子吗？"

"这没什么……"

"只要不怕丢脸，也没啥了不得。"

"据说基督也讨过饭……"

"这种话是糊涂人说的，是邪教徒说的，你真是老糊涂了。以前，你们有钱的时候，我去求你们帮助……"

"那时候我可是尽力帮助你的。"外婆平静地说，"可是，上帝反而惩罚了我们。"

年轻的主妇走出来，客气地向外婆点头："请到餐室里来吧！"

尽管老主妇不是那么喜欢外婆，可是主人很高兴地接待了外祖母。他还低声地对我说："你的外婆真是个好外婆呀！"

我深深感激他这句话。但等我单独和外婆在一起的时候，我很痛心地对她说："你干吗上这儿来，干吗来呀？你明明知道他们是些什么人。"她搂住了我，亲切地说："你要是不在这里，我才不会上来呢！"

然后我才知道外公病了，家里没有钱了。还有，舅舅把萨沙赶出来了，外婆还要管他的吃喝，这次外婆是来看看能不能先把我的工钱支付一些来贴补一下家里。

后来，她凑到我耳边轻轻说："我的心肝宝贝，你要在这儿待着，再忍两年，你要忍耐住。"

我答应她再忍两年，可是，这太难了。我一天到晚忙个不停，这种枯燥无味的生活压迫着我，像做噩梦一样。渐渐地，我喜欢到教堂去。我爱站在一个宽宽的黑暗角落里，暂时忘记一切烦恼。

我努力创作自己的祈祷文。只要想起自己不好的命运，祈祷文自然变成声声哭诉：

天哪，我再也不能忍耐，

赶快，让我变成一个大人！

这样活着不如去死——上帝，你饶恕吧！

这样的日子我再也无法忍受。

待在教堂里真的很好，像在森林和旷野一样得到休息。已经尝过多少悲哀，被恶毒和粗暴的生活所玷污了的这颗小小的心，在这热烈的梦想中被洗干净了。直到现在，儿童时代从自己脑子里想出来的东西，已经变成一条条深深的伤痕，刻在我的心里。

大斋节的时候，我到神甫那里去受忏悔礼。

神甫发出和蔼的、责备似的叹声迎接我："啊，跪在这儿！你犯过什么罪？"

我不觉脱口而出："我偷过圣饼。"

"为什么？在哪里偷的？"神甫想了一望，缓缓地说。

"三圣教堂、圣母教堂、尼古拉教堂都偷过。"

"啊，所有的教堂都偷过，孩子，这可不好，这是犯罪呀，你懂吗？"

"懂。"

"你看过禁书没有？"

"不，没有看过。"

"饶恕你的罪，起来吧！"然后神甫就把我打发了。

看到本以为很可怕的忏悔并不是想象中的那么紧张，我心里顿时放松很多，甚至觉得忏悔是个无聊的举动。

在人间 第五章

一个偶然的事件还是帮助我逃跑了。这年春天的一个早上，我去买面包，正巧看到铺子里的老板打伤了他的老婆。

众人忙着送她去医院，我也跟在车子后面，手里攥着买面包的钱，不知不觉地来到了伏尔加河的河畔。

一些好心的码头工人给我吃的，晚上我跟他们一起睡在码头上。后来，其中有一个对我说："孩子，你闲荡着也不成呀，你到那条'善良号'轮船上去吧！那里正要雇用一个洗碗的小伙计。"

于是我就去了，高个儿的食堂管事看着我，小声说："一个月两卢布。身份证呢？"

我没有身份证。食堂管事想了想说："那把你妈妈找来。"

我赶紧找来外婆，她也赞成我这样做，便说服外公，到职业局替我领了居民证，亲自送我到轮船上。

食堂管事把我领到厨师面前，一把推给他，"这个是洗碗的。"说完他就走了。

厨师哼了一声，望着管事的背影说："哼，什么样的家伙都雇来。"

他看着我说："你是什么人？"

他虽然穿着一身白衣服，但是很肮脏，大

耳朵里也突出着几根长毛，实在令人讨厌。

"我饿了。"我对他说。

他眨了一下眼睛，脸上绽放出笑容，样子变得像一个和善的胖妇人。他把自己杯子里的茶泼到船外边，重新倒了一杯，又拿了白面包和一大截香肠，推到我面前并说："吃吧！可怜的孩子！"我喝完了茶，他把一卢布纸币塞在我的手里："拿去买两条长围裙，不，不，还是我去吧！"

于是他拉一拉帽子，摇晃着笨重的身体踏着甲板走了。

夜晚，皎洁的月亮挂在天空上。岸上，村子里飘来唱歌的声音，姑娘们在跳舞。轮船的后面，一条长缆索拖着一只驳船，驳船甲板上装着铁笼子，里边是判处流刑和苦役的囚徒。

看着看着，不由得想起母亲那张严肃的脸和把我带进这人间来的外婆。这美丽的夜色，这驳船，都使我深深地感动。

我们的轮船行得很慢，有事的人都去搭快班船了，只有闲着没事的人才聚在我们的船上。

他们一天到晚，就是吃喝玩乐，我的工作就是洗盘子，擦刀叉，下午两点到六点，晚上十点到半夜，我的活儿比较少些。这时候旅客们已经吃过东西，在休息，所以他们只是喝茶，喝啤酒和伏特加。

我空闲无聊的时候，厨师斯穆雷总是让我念书给他听。

他有一口黑箱子，里边装着很多书，有《奥马尔喻世故事集》、《炮兵札记》、《塞丹加利爵爷书

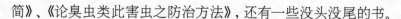

简》、《论臭虫类此害虫之防治方法》，还有一些没头没尾的书。

有时候，我把书拿出来，一本一本把书名念给他听。他听着我念，便叱骂着说："胡编乱造，这些混账东西。"

斯穆雷对船上的人都很凶，对食堂管事的也不例外，说起话来总那么喋喋不休的，厌恶地撇着嘴，胡须向上翘着。

他对我却很关心、很和善，但是这种关心我有点儿害怕。我觉得他跟外婆的妹妹一样是个半疯子。有时候，他会对我说："一个人想聪明，得多念书。一遍不懂就念七遍，七遍不懂就念十二遍。"

他喝酒喝得很凶，可是他从来没有醉倒过。一清早他就在那儿喝，一瓶伏特加酒四次就喝完了。以后，一直到晚上，他不停地喝啤酒。

傍晚的时候，他常常在抽水机那边坐下，身子高大，穿着一身白衣服，忧郁地望着流动的远方，好久好久地坐着不出声。这种时候大家特别害怕他，可是，我却有点儿可怜他。

有一次，我终于问他为什么老是让大家害怕，他可是个好人啊！他并没有生气，说："我只是对你才好呀！"

可是，他又沉思了一下说："我对什么人都很好，只是不表露出来罢了。这不能让人瞧出来，让人瞧出来了就会吃亏的。你这小鸟儿要是再大一点儿，我会告诉你许多事情。你念书吧！"

然后，他语重心长地告诉我，书里知识很多，书是个好东西。他还会抱怨自己很穷，否则一定帮助我读书。

于是，我们一起念《艾凡赫》。斯穆雷非常喜欢金雀花朝的理查德。

"这是一位真正的国王！"他认真地对我说。可是在我看来，这本书实在没有多大味道。

我所醉心的是《汤姆·琼斯》，可是斯穆雷不赞成。一般说来，我们俩趣味是不相同的。

在不知不觉中我有了念书的习惯，变成一卷在手，其乐陶陶了。而实际生活，却越来越让人无法忍受。

斯穆雷也更醉心于读书，常常不管我在干活，就拉了我去。

"阿列克塞，去念书吧！"

"还有许多碟子没洗呀！"

"马克西姆会洗的。"他粗暴地让老洗碟工去干我的活儿，马克西姆气得把玻璃杯故意打破。

看到这个情况，食堂管事和气地警告我："这么下去，我可就不让你在船上干啦。"

有一天，马克西姆故意拿几只玻璃杯放在盛污水和茶根的盆里。我把污水泼在船栏外，那些玻璃杯也一起飞到水里去了。

"这是我不好，"斯穆雷对食堂管事说，"你记在我的账上吧！"

餐室里那班侍者，都斜着眼瞧我，对我说："喂，书迷！你是干哪一行拿薪水的？"他们故意把食器弄脏，尽量多给我活儿干。于是，我觉得这样下去是不会得到好结果的。

果然，一天傍晚，从一个小码头上来了两个女人。一个是红脸的妇人，另一个裹着黄头巾，穿一件粉红的新上衣，还是个姑娘。她俩都喝醉了。

她们在二等舱室旁边住下了，那儿正是侍仆亚克夫和谢尔盖他们睡觉的舱室的对面。不一会儿妇人离开了，只剩下小姑娘一个人。

当我准备躺在桌子上睡觉的时候，谢尔盖走到我跟前，抓住我的手说："来，我们这就给你娶老婆。"

他喝醉了，这时马克西姆跑进来，他也醉了。他们俩就拖着我向他们的舱室走去。

斯穆雷站在舱室门前，门里边是亚克夫，他两手抓住门框，那姑娘正用拳头敲着他的脊背，用带醉的声音叫喊："让我出去。"

　　斯穆雷从谢尔盖和马克西姆手里夺下了我，抓住他们的头发，把两个脑袋碰撞了一下，使劲儿一推，两个人都跌倒了。

　　我们来到船尾。

　　"他们是拖你到那女人那里去吗？不要脸的臭家伙！我听见他们要怎么使坏来着。"

　　"你把那姑娘从他们那里拉开了吗？"

　　"这里的人统统是下流坏子，包括那个女的。"

　　听到这些，泪水在我的眼里沸腾了，我的心里也堵得慌，像充满了许多蠕动的小虫子，它们仿佛争先恐后地要爬出来获得自由。我强忍着这样的感情，跟着他们慢慢地离开了码头。

在人间 **第六章**

我们一起来到了萨拉普尔，不想我们却失去了两个人。

马克西姆没有向谁打招呼，不声不响，平静地走了。

谢尔盖则是被解雇了，他却不肯下船。他在船长室门口跪了好久，一边吻着门板，一边叫唤着："饶恕我吧，并不是我的过错。这是马克西姆干的。"可大家都知道他在撒谎，但是却鼓励他："去吧，去吧，会原谅你的！"

船长把他撵开，还踢了一脚，谢尔盖摔了一个跟头。最后，船长还是饶恕了他。谢尔盖立刻在甲板上跑起来，像狗一般讨好地看着别人的眼色，端着托盘送茶水去了。

马克西姆的位置由新雇来的一个当过兵的维亚特省人来顶替。他个子矮小，还长着一双棕红色的眼睛。厨师的助手马上叫他去杀鸡。那当兵的杀了两只，其余的都飞到甲板上。乘客开始捕捉，有三只飞到船栏外边去了。那当兵的就坐在厨房旁边的木柴堆上，伤心地哭起来。

船上的人听到哭声都大笑起来，人们跑到他身边，直盯着他，问："是这个人吗？"

他那红眼睛里又充满了怒气，用奇快的维亚特话说："干啥用牯牛大的眼睛看我？唔，我要把你们撕成碎块。"这腔调使大家更加乐起来了。有的拿指头去戳他，有的扯他的衬衫，还有人把木勺挂在他屁股上，大家一阵哄笑。

我把大家笑他的原因告诉他，他摸到木勺，扔在地上，突然两手抓住我的头发，我们就扭打起来。这使看客们大为满意，马上把我们围住。斯穆雷赶紧推开大家，把我们从中间分开。

正当我们想离开的时候，只见那士兵从舱里冲出来，两手捧着一把很大的刀子。

那刀是用来砍鸡头、劈木柴用的，钝得要命，他却把刀架在自己的脖子上，咆哮道："你们也太欺侮人了！"大家却不在意，都嬉笑着。

我身边的一个仪表可敬的人，叹了一口气说："打算要自杀，可是还在心疼裤子。"大家笑得更响。很明显，没有人当他真会自杀，我也觉得他不会真自杀。可是斯穆雷向他看了一眼，就挺着肚子把别人挤开，等到人群散了，他赶紧跑到当兵的身边，夺过刀子。

"你可别碰他，跟你开玩笑的并不是他，知道吗？"他将士兵拉回船舱，"去吃点儿东西吧！"

我拿了面包、肉和伏特加到士兵那儿去，他正坐在床上，像女人般地呜咽着。

我把盘子放在桌上说："吃呀！"

"把门带上。"

"门带上就黑了。"

"带上吧! 要不然他们又会找来。"

我走了。我讨厌这当兵的,他不能引起我对他的同情和怜悯。我很不安,外婆总是教导我说:"你要关心别人。大家都是不幸的,大家都很艰难。"

"拿去了吗?"斯穆雷问我,"他在那里干什么呢?"

"在哭。真是个废物! 他算个什么当兵的? 我一点儿也不可怜他。"

"什么? 你说什么?"

"应该关心人——"

斯穆雷拉着我的胳臂,恳切地说:"不能勉强去怜惜人,但是说谎也不好,懂了没有? 你要有点儿出息,要知道自己——"说着,把我推开,随后补上一句:"这里不是你待的地方! 给你,抽支烟吧!"

船上的生活没有发生丝毫的变化,尽管每天的乘客都是新的。

新来的乘客和离去的乘客一样,谈论着同样的话题:土地啦,工作啦,上帝啦,女人啦,而且他们用的是同样的词句。

我不能忍受侮辱,我不能忍耐恶意的、不公平的屈辱。我坚信,我也觉得我不应受这种待遇,就是那士兵也一样。马克西姆被开除了,他是一个善良的小伙子,可是下流的谢尔盖却留下来了,这一切让我无法理解。

一天,半夜过后机器的一部分突然爆炸了,发出大炮一样的巨响。

伴随着这声巨响,甲板马上笼罩上白色的雾气。蒸汽浓浓地冒出来,弥漫到所有的地方。

"加夫里洛,把焊枪拿来,还有防火布……"

甲板上死一般的寂静,只有槌头的敲打声和蒸汽喷出时的声音。可是很快,各色各样的声音充满了整个甲板,轮船上立即陷入一片惊慌。

大家都背着包裹、口袋和箱子,跌跌撞撞,嘴里胡乱叫着上帝、圣徒尼古拉的名字,急着向什么地方跑去,互相打着。

这是一种可怕的,同时也是有趣的情景,但我立刻明白他们误会了。蒸汽渐渐稀薄，船还在正常行驶。

甲板上的人可不管那些，他们奔跑得越来越快，有人跳进海里，有人把钉死在甲板上的长椅子打下来做救生圈，还有人把鸡笼扔到水里。

"放救生圈，蠢货！"一个肥胖的老爷在大声叫唤。他只穿一条长裤子，连衬衫也没披。

斯穆雷笨重地踱来踱去大叫着："你们干吗？疯啦！船靠岸了。跳进水里去的那些傻瓜，已经给救起来了。瞧见没有，那边还有两只艇子。"渐渐地，混乱平静下来。

我在喀山码头花了五戈比买了一本《一兵士拯救彼得大帝的传说》。在给他之前自己先看了一遍。写得明白易懂，有趣味而且简练，我相信这本书他一定会满意的。

可是当我把这本书送给他时，他默不做声，一把捏在手里，搓成一团，扔到船栏外边去了。

"这就是你的书，傻瓜！"他板起了脸，"你知道这是什么书呀？书里写的你以为是真话吗？"我虽然意识到斯穆雷的话是对的，可是依然喜欢那本书。

后来我又买了一本来，重新念了一遍。果然我感觉书里的好多话都不是真的，从此我更加信赖斯穆雷了。

而他总是很感慨地说:"唉,要怎么样教育你才好呢!这地方,不是你待的。"

曾经有几次,我看见谢尔盖把我桌子上的茶具拿去卖给客人。谢尔盖待我很坏,我也知道这是盗窃行为,斯穆雷总是提醒我,让我当心。可是,没有想到,我在船上的生活还是突然地结束了。

一天傍晚,食堂管事把我叫到他的房间里,斯穆雷也在,并质问我是否把餐具给了谢尔盖。

我告诉他是他趁我没看到时,自己拿走的。

食堂管事轻声地说:"他没看到,可是知道。"

斯穆雷沉默了一会问我:"谢尔盖给过你钱吗?"

"没有,一次也没有。"

"这孩子不会撒谎。"斯穆雷对食堂管事说。然后用手指头在我头顶上轻轻弹了一下,对我说:"傻瓜!我也是傻瓜!我本来应当照顾你。"

船靠了岸,食堂管事给了我八个卢布。这是我第一次挣到这么多钱。斯穆雷跟我告别的时候,嘱咐我说:"以后可要注意啊!糊里糊涂可不成啊!"并把一个五彩嵌珠的烟荷包塞进我手里。

"好,把这个送给你!再见吧!去念书吧,这是最好的事情!"

他把我举起来亲了几口,再把我稳稳地放下来。我开始觉得难过起来,望着他那巨大的、结实的身影孤单地远去,我差点儿大哭起来,他是个好人,对我帮助不小,我不会忘记他。

第七章

重新搬回到城里住的外公和外婆看到我回来，都十分高兴，外婆忙着去给我做好吃的。外公最关心的还是钱，问我是否攒了不少钱，我先从衣袋里掏出烟卷吸起来，然后回答他："不管有多少，都是我自己挣的。"

"竟然抽起这玩意儿了？"外公眼睁睁盯着我的举动。

"有人还送给我一个烟荷包呢。"我夸耀说。

"烟荷包！"外公的声音变了，"你存心惹我生气吗？"于是向我扑过来，眼里发着绿光。

我猛地跳起，用脑袋撞他的肚子。老头子倒在地板上，眨着眼惊讶地问："是你把我撞倒的吗？是你吗？"

"你过去可没少打我。"我喃喃地说。

外公跳起来，向外面的外婆喊到："老婆子，你看看吧！这孩子把我撞倒了！"

外婆走到我身边，没有说什么，一把抓住我的头发左右摇晃着，一边说："我叫你撞，撞！"我并不痛，只是觉得挺委屈。

我终于挣脱出来，跑到过道，躺在角落里，外婆走过来，用微弱的声音

说："你可千万不要记我的仇，我没有抓痛你呀！我是故意装的。他老了，你别生他的气。"

她的话顿时温暖了我的心。我走进屋子的时候，看了外公一眼，差点儿没笑出声来，他果真得意得像个小孩子。

"怎么啦？你又来撞人吗？你这个小强盗！"

晚上，我跟外婆到大门外野地上聊天。

"你外公找不到中意的地方，总是搬来搬去。这里他也不中意，我倒觉得挺好。"

外婆一有空闲就会聚精会神地听我讲船上的生活。后来我讲到斯穆雷的时候，她诚心诚意地画了一个十字，说："真是个好人，愿圣母保佑他！"

九月的太阳刚刚升起。它的白色的光线，一会儿消逝在云中，一会儿变成扇形，照到山沟里，照到我的身上。我来山沟

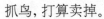

抓鸟,打算卖掉。

山沟里长满草的地方,传来金翅雀的叫声。在灰白色的杂草丛中,可以望见灵活的山雀的红冠子。在我的周围,还有许多好奇的白头翁在热闹地啼叫着。

它们虽然很灵巧,也很聪明,但是见到什么东西都想碰一碰。就这样,它们一只又一只落进了我的捕鸟器。然后我到集市上把它们卖掉,竟然挣了四十戈比。

外婆非常惊奇:"你瞧,我只当是玩儿的,不想却卖了这么多钱!"

赶集的日子我总能卖到一卢布或更多些回来,这就让她更加惊奇了:"一个女人,一天忙到晚,给人家洗衣服,擦地板,也只挣得二十五戈比,小鸟竟然能卖这么多钱。不过,把鸟捉来关在笼子里,这种买卖,还是别干了。"

我常常一个人到三十里以外的伏尔加河边去抓鸟,那儿的松树上,栖着交喙鸟、煤山雀以及人们所珍爱的一种白头翁,非常珍奇、美丽。我觉得捕鸟很有趣,而且可以谋生。这个活动没有给别人带来烦恼,仅仅伤害一些小鸟而已。

有时候,我也觉得于心不忍。我更喜欢观赏它们,可是狩猎的热情和挣钱的欲望,压倒了我的同情心。

傍晚回到家里,又饿又累。外公看见我这种样子,便开始入情入理地说:"扔掉这营生吧,没听说过一个捕鸟的人能有出息。你还是去找一个正当职业,磨炼磨炼你的智慧吧!"

可我不认同他说的正当职业,我觉得世界上最幸福的人,要算哥萨克士兵了。他们的生活单纯而快活。晴天,他们一清早就跑到我们门前那山沟对面,在空地里散开,开始做复杂有趣的游戏。休息的时候,那些兵士拿一种粗烟卷请我抽,拿重重的枪给我看。

他们每次组成队伍快步地在街头经过,我就有一种想接近他们的感受,很想投身到他们的队伍里去。这些人什么都不怕,勇敢地看待一切,能够征服一切,想要什么,就有什么。而最主要的是,他们淳朴、善良。

可是,我的梦想被打破了,有一次休息的时候,一个年轻的下士,把一支粗大

的烟卷送给我抽。我接过烟抽起来，他退后了一步。突然，烟卷上冒出火焰，迷住我的眼睛。火焰灼伤了我的指头、鼻子和眉毛，烟气呛得我喘不过气来，而他们却围住我大笑起来。

我转身回家，被烧的指头发疼，我的脸破了，眼里流着泪。让我难过的不是肉体的痛苦，而是一种不可言状的惊异：为什么他们要这样对待我？

我爬上阁楼，在那里坐了很久，回想我过去很多次遇到的无法解释的残酷事情，想到那个上船接替马克西姆工作的矮小士兵，他好像活生生地站在我的面前问："怎么样？明白了没有？"

过了不久，我又遇到了比这个更惊人的事。

我常常到哥萨克兵营里去，我觉得哥萨克士兵和别的兵士不同，并不是因为他们马骑得好，装束特别漂亮，而是因为他们说话很特别，唱的歌很动听，而且舞跳得好。

每天傍晚，一个哥萨克士兵都会张着两臂，闭着眼睛，深情地歌唱。看他的样子，像是把整个心灵和全部力量都倾注到歌声里了。我觉得，他不是一个普通的人，而是一个伟大的神话般的人，比一切人都善良、都高尚。

有时候，我真的想一声不响地跟在他后边，只要能瞧见他的影子，听他的歌声。然而，当我看到他强暴了一个软弱的女人时，我的这样的情感顿时烟消雾散，甚至连我自己都不能回忆起是什么时候有了这种情感。

在人间 第八章

冬天即将来临，我又被外公带到她妹子的家里去。她的家几乎没有变化，依然充满了唠叨。

年轻的主妇产后瘦了许多，可走起路来还是不停摇摆；老主妇还是每天向上帝祷告。

到了晚上，他们一家人让我给他们讲船上的经历。

对我来说，回想起另一种生活，也是一件快乐的事。于是我就开始讲起来，当我讲到斯穆雷和他的书籍的时候，他们就疑惑地注视着我。老主妇说写书的人都是些混账，或是邪教徒。年轻的主妇也很害怕书籍："念书是很有害的，不会有好结果的。"

这种生活令人烦躁而且单调，渐渐地我学会了忍耐，并尽可能多找一些活儿干来消磨时间。当然在这儿不愁没活儿干，家里有两个婴儿，有洗不完的尿布，还要

照顾婴儿，每周还要洗衣服。那里的洗衣女都认识我了，她们经常笑话我干女人家的活儿。

有时候她们捉弄得太过分了，我就拿水淋淋的衣服冲她们打，她们也用同样的办法回敬我。跟她们在一块儿，很快活，很有趣。

纳塔利娅是她们中间最健谈的，而且很有朝气。她的女伴们都很尊敬她，有事情都跟她商量。因为她干活麻利，穿着整洁，还有一个女儿在中学里念书，所以特别受人尊敬。

别人碰见她，总是关心地问她："你女儿好吗？"

"还好，托上帝的福，在念书。"

"瞧着吧，将来会当太太的。"

"叫她念书，就是想她能够当太太。"

当她说话的时候，大家都默默地听着。当面、背后都称赞她，可是却没有一个人照她的样子学。

"一个人有了学问，也不一定过得好。"

"这话也不错，没有学问，只要有一点儿长处，也一样可以嫁汉子。"

"总之，女人的智慧，不在于头脑。"

听她们自己这样不害臊地谈着自己，我觉得又奇怪又别扭。可是这起码比待在家里要有意思得多。

空闲的时候，我常常给那些勤务兵代写家信，代写情书，这差事真有趣。但是在这些人中，我最高兴代西多罗夫写信。

每个星期六，他一定给他在图拉的妹子写一封信，而且总是重复着相同的内容。如果接到妹妹来信，他会不安地请求："请念给我听听，快些……"于是他要我把一张写得歪歪斜斜的、简短空洞得使人遗憾的信给他连念三遍。

他为人和善，却总是简单、粗野地对待女人。而士兵们告诉我的一件事，更令我非常不安。

这院子里新住进了一个高等服装店做工的裁缝，他很沉默，很和气。他的妻子长得很娇小，一天到晚只在那儿读书。

他们没有孩子，也不和别人来往，只是节日的时候到戏院去看看戏。我也时常望见她摇着身体，在堤上一瘸一瘸地走着，据说是因为右边少了一条肋骨。

院子里的人都说，她因为书念得太多，脑子有了一点儿毛病，所以什么都不懂，也不会做。那些军官老爷想出了欺侮这位小裁缝的妻子的方法，他们每天轮流写条子给她，向她表白爱情，诉说自己的痛苦，称赞她的美丽。

她写回信给他们，要他们别去打扰她，并且说引起他们伤心很对不起，她请求上帝帮助他们不要再想念她。拿到回信以后，军官们围在一块儿高声朗诵，然后用下流、尖刻的话讽刺、嘲笑那个可怜的女人。

听到这些我很气愤，于是决定马上跑去告诉她。我先走进厨房，又走进了起居室。裁缝的妻子正坐在桌边看书。

她穿一件下摆缀着丝绒边，领子和袖口钉着花边的天蓝色的室内服。淡褐色的头发卷曲地披到两肩，像一位天国的天使，她凝望着我。我把所要说的话一口气说完，就要离开。

"等一等，你是个多么奇怪的孩子。我看得出来，我相信，没有谁叫你来，是你自己来的。"

她微笑着看着我，低声慢慢地说："原来那些下流的士兵在议论这个。"

"你还是快搬走吧！"

"为什么？"

"他们会欺侮你呀!"

她令人快活地笑起来,接着问:"你上过学没有?喜欢看书吗?只要你喜欢,可以到我这里来借书看。"然后,她顺手给了我一个银币说:"谢谢你告诉我这件事。"

我觉得很难为情,但又不敢拒绝她,因此,我走的时候把它放在楼梯扶手的柱顶上。

在这个女人的身上,我好像看见早晨的曙光照在我的身上。因此,有好几天工夫,我都生活在欢乐中,

一天,我去向她借书,其实是想再见她一次。她仍坐在同一个地方,手中同样拿着书。她把一本黑色封面的书借给我,这书里有一种浓浓的香味。回来后,我把它用纸包起来,藏在阁楼上,生怕被人弄坏。

一天,到屋顶楼去晒衣服的时候,我记起了那本书,拿出来看,看见第一页这样写的:"房屋也和人一样,各有自己的面貌。"这句话的真实性使我暗暗吃惊,我就站在天窗边看起来,一直看到身体冻僵才停止。这本书毫不费力地把我引进一种奇异的生活,接触了许多新名词,认识了许多从没见过的英雄和恶汉。从此,我想尽一切办法,偷着看书,可还是被他们发现了。

那天晚上,我拿起书,走到窗口边。夜色很好,月光直窥着窗子,但字体太小,眼力毕竟瞧不清楚。不过丢开不看也实在难受,于是我凑近圣像,借着长明灯的光看了起来,不知不觉睡着了。我被老主妇的骂声和推搡惊醒了,她手里拿着书,向我肩头狠狠地打过来。书一定会被她弄坏了,我想。

主人严厉地问我:"书是从什么地方弄来的?"我不敢说实话,就说这本书是神甫给的。

他们略微放心了,又把书重新瞧了一瞧,然后告诉我以后不许再看。后来,我把这件事告诉了西多罗夫。他答应帮我保管这本书,等我有空的时候到他那里去看。

我只想快些把这本书念完。我害怕它会在兵士那儿丢失,或者会给弄坏,那

我就没有办法向裁缝的妻子交待。

令我烦恼的是，老主妇老是盯着我，怕我上勤务兵那儿去，还骂我是书迷，不学好，并嘲笑那个爱念书的女人连去市场买东西都不会。我特别想替她辩护，可又怕她猜到书的来源。

我趁着主人们午睡的时候跑到裁缝妻子那儿去，她跟第一次一样接待了我。我告诉她，书还没来得及看完，主人们不让我看书。由于心里的委屈和见这位女子的欢喜，我的眼里含满了泪水。

"这些人多么无知。"

她凝视着我，然后叹了一口气说，"真是个古怪的孩子。"

我照了照她身边的一面镜子，瞧见了一张高颧骨、宽鼻子的脸，脑门上一大块青痣，头发乱蓬蓬地支棱着，此时才有些明白她说的"古怪"的含义。

"那天我给你一点儿小钱，你为什么没有拿去？"

"我不要！"

裁缝妻子把她那桃红色的小手伸给我，说："好，再见吧！如果他们允许你看书，你就到我这儿来吧。"我谨慎地碰了一下就跑开了，因为我不能停留太长时间。二十戈比的硬币，她却认为是一点儿小钱，我真正领略了她的不懂事和古怪，但我却不讨厌她这一点。

在人间 第九章

　　我的炽热的读书热情在坚持着，尽管受到了许多侮蔑，经历了许多磨难，我依然没有放弃。

　　我不再去借那些书，因为害怕被发现后无法保全它们。在早上我趁买面包的时候，在那里借一些五彩封面的小书。

　　小书的租金很贵，我只能租到《古阿克》、《威尼斯人法兰齐尔》、《俄罗斯人和卡巴尔达人之战》等这类书籍，这些书让我很不满意。我更喜欢《射击军》、《神秘的修道士》、《鞑靼骑士亚潘卡》这些书。

　　最能够吸引我的是圣徒传。在这类书中，有一种严肃的东西令人信服，而且有时我能被深深地打动。

劈柴的时候，我也会躲在柴棚里看书，或爬到顶楼去看。无论哪儿都同样不方便，同样寒冷。有时候看入了迷，便半夜里起来点了蜡烛看。可是老主妇留意到晚上蜡短了，便用小木片来量过，如果早上起来瞧见蜡烛短了一截，那么，厨房里马上会传出谩骂声。她也经常跑到阁楼里检查，如果看到书，就把它撕得粉碎。

尽管有如此多的障碍，我看书的愿望却更加强烈了。我想尽一切办法躲避，可有几次还是被老主妇烧掉了我的书。不久我欠了小铺老板四十七戈比。

老板让我马上还钱，并且吓唬我，要到法庭去控告我。我的工钱是主人直接交给外公的，我没有地方去弄钱，我请求他缓一缓，可他不同意。

我没有办法，于是决定去偷钱。

我想起来每天早上我给主人刷衣服，他的裤子口袋里常有锵锵的钱声。有一次，有一枚落在地上，从地板缝里滚进楼梯底下的柴堆里去了。过了几天，我在柴堆里找到了一个二十戈比的银币，当我把它交给主人时，他老婆对他说："你瞧，衣袋里放了钱，总得数一数呀。"可是主人对我笑眯眯地说："我知道他不会偷钱的。"

想起了这句话，想起了他的深信不疑的笑脸，我一时很难决定。

可是，没有想到，这桩心事竟简单、迅速地解决了。三天后，主人忽然问我："你怎么啦？无精打采的，觉得不舒服吗？"

我坦白地把自己的心事告诉了他。他皱了皱眉头说："你瞧，这些小书把你给弄成什么样子啦。看书，反正会出乱子的。"

他给了我五十戈比，并反复嘱咐我不要对其他人漏出口风，否则她们又会大吵大闹。后来，主人家订了一份《莫斯科报》，每天晚上，我都会念给主人们听。他们都听得很入神，但是常常把事件弄混。

我也喜欢上面的一些诗歌，尤其是斯特鲁日金和莫里伯爵的诗。

《莫斯科报》的小品栏，还不够念一个晚上，于是我提议把寝室床底下的杂志拿出来念。这些找出来的作品，对我大有好处。

后来，我又得到了把杂志拿到厨房里去的权利。这样，夜里我就可以看书了。

老主妇搬到婴儿室去睡了，没有人可以打扰我了，我感觉很高兴。由于大家都把蜡烛拿到寝室里去了，我没有钱买蜡，便偷偷把蜡盘上的蜡油搜集起来，装在罐头盒里，再加上一点儿长明灯的油，用棉线做灯芯，便做成一盏灯。

这盏灯十分微弱。当我翻动一页书的时候，那昏红的火头就摇晃不定，好像要熄灭的样子。灯芯常常滑进燃得很难闻的蜡油里，油烟熏我的眼睛。但这一切不便，都消失在看书的快乐中。

从此，我的眼前展开了一个一天天扩大起来的世界。这里有梦一般的城市，有高山和美丽的海滨。生活美妙地展现开来，大地更富于魅力。人多起来了，城市增加了，一切都变得更加多样，无所不有。

我了解到了另外一些国家和民族的状况，还有古代及现世的许多故事，但是其中也有不少我看不懂。

我记得念过这样的怪诗：

匈奴族的首长阿底拉骑着马，

满身披着钢铁甲胄，

在无人境中行走。

何处是罗马？何处是雄伟的罗马？……

我已知道罗马是一座都城，但是匈奴是一个什么样的民族呢？于是我决定，关于匈奴这个问题，得去问问药房里那位药剂师，他对我总是和和气气的，而且看起来很聪明。

"匈奴，"药剂师巴维尔对我说，"匈奴是吉尔吉斯那样的游牧民族，再没有这个民族了，现在已经绝种了。"

我觉得难过、懊丧，倒不是因为匈奴人都已经绝种，而是因为让自己烦恼了这么久的词意，原来只是如此简单，而且我一无所获。但我还是很感激匈奴，因为它，我跟药剂师巴维尔接近起来了。他能够很通俗地解释一切难懂的名词，他真像

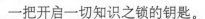

一把开启一切知识之锁的钥匙。

一次，他对我说："好朋友，一个名词好像树上的一片叶子，为了明白为什么这些叶子是这个样子，我们必须先明白这株树是怎样生长起来的，必须学习。好朋友，书好比一座美丽的园子，园子里什么都有。"我总是顺便去找他。他的简短的教导，使我对书有了更正确的认识。

不久后的一天，我遇到了一件很倒霉的事。主人们一早出去做礼拜，我把茶壶生上火，就收拾屋子去了。这时候，那个大的孩子把茶壶上的龙头拔下，拿去玩儿。水一漏完，茶壶就开焊了。

当时我还在起居室里，就听见茶壶的响声很怪，跑出来一瞧，不得了，整个茶壶都变青了，在颠动，好像马上就会从地板上飞腾起来。

外边门铃响了，老主妇一进门就问我茶水烧好了没有。

我马上回答："烧好了。"这句话只是在慌张惧怕时信口胡说的，她却说我在嘲笑她，老主妇拿了一把松木柴，向我打来。打起来倒并不十分痛，却在背脊皮下深深地扎进了许多木刺。

到了傍晚，我的背肿得枕头一样高。第二天中午，主人不得不把我送到医院。

一个高个子的医生检查了我的伤，用低沉的声音不慌不忙地说："这是一种私刑，我得写一个验伤单。"

主人红了脸，不安地蹭着地板。

"你要告发吗?"

我很痛，但我说："不，快点儿给我治吧!"

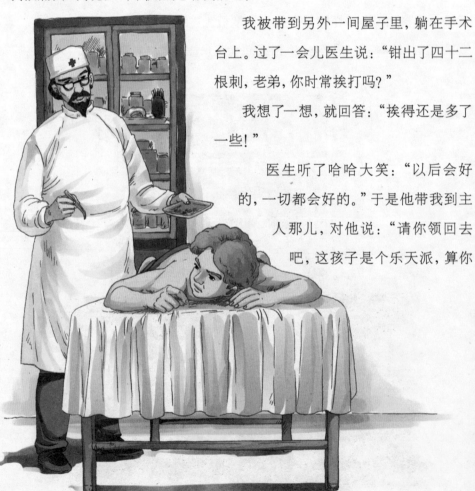

我被带到另外一间屋子里，躺在手术台上。过了一会儿医生说："钳出了四十二根刺，老弟，你时常挨打吗?"

我想了一想，就回答："挨得还是多了一些!"

医生听了哈哈大笑："以后会好的，一切都会好的。"于是他带我到主人那儿，对他说："请你领回去吧，这孩子是个乐天派，算你运气好。"我们坐着马车回家，一家人像迎接贵宾一样迎接我。

我看出他们因为我不愿意控告他们而感到很满意。趁这机会我就请求他们许可我向裁缝妻子借书看，他们只好答应了。

现在我又看书了。大仲马、蒙特潘、扎孔纳、埃马尔、巴戈贝等人的厚厚的书，我都一本一本地迅速地囫囵吞下去。

这个时候，我觉得我自己也好像是一个过着非凡生活的人物了。这种生活激励着我，使我振奋。自制的蜡台又放出昏红的光来，我彻夜看书，因此我的眼睛有一点儿坏了，老主妇对我很亲昵地说："书呆子，小心吧，眼珠会爆的！"

我渐渐从书中知道了一个道理，好人走噩运，受恶人欺凌，恶人常比好人走运，可是等到后来，总有一个难以捉摸的东西，战胜了恶人，好人一定得到最后的胜利。

有时我看了头几页，就可推测到谁胜谁败，并且越来越能猜中哪个主人公进入幸运的天国，哪一个堕入牢狱。

我也看到了一种活生生的、对我有重大意义的真理，看到了另一种生活的特点，另一种人与人之间的关系。

我也明白了在巴黎无论是赶马车的、做工的、当兵的，凡一切"下等社会"的人，跟尼日尼、喀山、彼尔姆等地方的完全不同。在那边，他们能大胆地对老爷们说话，老爷对待他们态度要随便得多，自由得多。

外面的世界比我所知道的要有趣得多，轻快得多，好得多。在外国，没有那么多野蛮地打架，没有恶意地捉弄，也没有老主妇那样狂暴地祷告。

我花了一整夜，一口气读完了《桑加诺兄弟》。我很惊奇，这本书里，并没有错综复杂的东西，可是用朴素精练的句子组织起来的文章，却很好地记在我心里了。马戏师两兄弟的悲剧，一步紧一步地发展开来。我的两手，不自觉地因为看这本书的快乐而发起抖来。念到那跌断了两条腿的不幸的艺人爬到阁楼上去，而他的兄弟，正在这阁楼上偷偷地练习自己心爱的杂技时，我痛哭起来了。

　　我把这本好书还给裁缝妻子的时候，要她再借些这样的书给我。几天之后，她借给我一本格林武德的《一个小流浪儿的真实故事》。

　　这书的书名就有点儿刺痛我，可是打开第一页，立刻在心中唤起了狂喜的微笑，而且我一直含着这样的微笑把全书念完，有些地方还念了两三遍。我发现即使在外国，也有过着这样艰苦生活的少年。

　　直到此时，我才真正明白我的生活并不那样坏，所以不必如此悲观、沮丧。

　　格林武德鼓起了我很大的勇气。我很快就看了一本叫《欧也妮·葛朗台》的书，葛朗台老人使我很清楚地想起了外公。这本书虽然篇幅很小，可惊奇的是，它里边却藏着那么多的真实，有些真实我甚至曾亲身经历过。

　　格林武德、巴尔扎克等人的小说里没有善人，也没有恶人，有的只是一些最最生动的普通人，只是精力充沛得令人惊奇的人。

　　他们是不容怀疑的，他们所说的和所做的，都是照原样说和做的，而不可能是别的样子。我也明白了"好的，正经的"书，能使人得到多么大的欢喜。

　　每次我到裁缝妻子那儿去的时候，总是穿一件干净的衣裳，把头发梳一梳，尽可能打扮得整洁一点儿，我希望她看到我这整洁的模样儿。院里的人，现在谈起她来更加不堪入耳，嘲讽得更加恶毒了。

　　我渐渐地喜欢上了她，听了那些显然是胡诌出来的关于她的肮脏话，我很难受。

　　春天，她忽然不知到什么地方去了，她的丈夫也搬走了。我跑去看了一下，只见光秃秃的墙上，留着挂过画的四方形的痕迹。我心里难过极了，真想再见一见那个娇小的裁缝妻子，是她帮助了我，而上天却没有给我一个感激她的机会。

在人间 第十章

　　就在裁缝一家搬走之前，主人楼下搬来了一个十分年轻的夫人，带着一个小女孩儿和年老的母亲。夫人长得很漂亮，也很尊贵。

　　年轻的夫人每天都要去骑马，她坐在鞍上的姿态是那么沉着老练，简直跟长在鞍上一样。她出奇得美丽，无论什么时候见到她，都跟初见时一样，常常使人心中洋溢着一种陶醉的欢喜。

　　一看到她，我就会想：狄安娜·普瓦提埃、玛尔戈王后、拉·瓦尔埃尔少女，以及其他小说中美丽的女主人公一定也是这样美丽吧！

　　她周围经常围绕着一群驻扎在这城里的师部的军官。每天晚上到她那儿来弹钢琴、跳舞、唱歌。

　　那个五岁的小女孩儿也像她母亲一样美丽，淡蓝色的大眼睛天真而沉静。每到傍晚，我常陪她一起玩儿，我很喜欢她。

　　很快，我们就熟了，每次我讲故事给她听，她都躺在我的怀里睡着了。她睡着以后，我就把她抱到床上去。

　　她竟习惯了这样，每次临睡以前，一定要我去跟她道别，她很正经地伸出圆滚滚的手说："明天见——接着要说什么？"

　　"该说上帝保佑你。"她外婆说。

"愿上帝保佑你到明天呀！我要睡觉啦！"小女孩学着说了之后，就钻进被子里去了。

她是个聪明的孩子，但不活泼。

一次，她告诉我："妈妈总是笑，大家都喜欢她，所以她老是忙，总有客人来，因为妈妈长得漂亮。她是个可爱的妈妈。"

我一下子想起了玛尔戈王后，因而更增强了我对书的信任，以及对于生活的兴趣。

一天傍晚，女孩儿在我怀中打瞌睡。她母亲骑马回来了，她轻轻跳到地上，把鞭子往腰带上一掖，伸开两臂说："把她给我。"

"嗯。"夫人跟叱马一般叱了我一声。

我是习惯被人家叱骂的，可是连这位夫人都要叱骂我，心里可真不高兴。她只消轻轻吩咐一声，谁都会服从。

过了几分钟，她的女仆来叫我，说是女孩儿耍脾气，没给我道晚安就不肯睡觉。于是，我得意地走进了客室。

小姑娘很高兴地把我介绍给母亲，说："这是我的新伙伴。"

夫人很吃惊，但她马上说："是吗？这很好。让我送你一样礼物吧！你想要什么呢？"

看到她这么说，

我说我只希望借一本书看看。

夫人很惊讶，"你也喜欢看书？"她好奇地看着我，随后拿起一本已经破散的书："你拿去看吧，看完了还有呢！"

回家后，我开始认真地读起来，可不久我发现这本书索然无味。当我去还书的时候，夫人问我："喜欢吗？"

我很为难地回答了一声"不"，我想，这会使她生气。不料她只是大笑起来，又拿来一本精装的山羊皮封面的小书递给我。

"相信这本你一定会喜欢，只是不要弄脏了。"

这是一本普希金的诗集。我怀着一种贪婪的感情，把这本书一口气读完了。感觉就像看到了鲜花盛开，金色的阳光洒满大地，那优美的童话，使我比什么都更感到亲近，更容易理解。

后来我又反复念了几遍，直到能够背诵。从此夫人在我的眼里变得更加崇高了，因为她是看这种书的女人，不像裁缝的妻子。

我把书还回去的时候，她很有把握地说："这你喜欢吧！你喜欢哪些诗呢？"我挥动着两手，背了几首给她听。

她沉默地、很认真地听着。

"可爱的小东西，你该去上学呀！我给你想想办法。"她说。

她又借给我一本《贝朗瑞歌曲集》，这些歌，以刺心的痛苦和疯狂的欢乐结合在一起，激起了我的不可抑制的快活、调皮的愿望，促使我想对一切人说粗暴的讽刺话语。

我没有工夫到街头闲逛，因为活儿越来越多。现在除了一身兼女仆、男仆及到处跑腿这些日常工作之外，还得帮主人钉图纸，抄写主人的建筑工程计算书，以及复核包工头的细账，因为主人一天到晚跟机器一样工作着。

在晚上，我有一点点的空闲。于是我就坐在门口的台阶上或对面木头堆上，望着夫人家的窗子，贪心地听着热闹的谈话和音乐。

从窗帘和鲜花的缝隙里，我能看到军官们在屋子里走来走去，打扮简单却很漂亮的夫人则轻盈地走动着。我在心里默默地称她做——玛尔戈王后。当那些男人像黄蜂绕花一般包围着她的时候，我心里不由得有些难过。

在她的客人中来得最少的是一个高个子的军官，脑门儿上有道刀砍过的伤疤，眼睛深深陷进去。

他每次总带着小提琴来，拉得很好。因为太好了，人们一边听着一边称赞他是个音乐家。

我喜欢听夫人弹钢琴。我陶醉在乐声中，有时我想，我要到一个地方去找来宝物，全部送给她，使她变成一个富人。叫她离开这条街，离开这所房子，这里大家都说她的坏话。

这位玛尔戈王后也像裁缝妻子一般的待遇，邻居们胡诌恶毒的谣言，不过说她的时候，更小心，更低声。

人们怕她，也许因为她是一个有名人物的寡妇，她丈夫的祖先曾受过老一代沙皇的褒奖。害怕她会用柄上嵌着淡紫色宝石的鞭子打人，但窃窃私语并不比大声狂谈更好受些。

每次主人们上教堂去做礼拜的时候，我便跑到她那儿去。我坐在金色缎子包着的小的圈椅里，一边哄着小姑娘，一边和夫人谈我看过的书。她就会用温和的眼光看着我，微笑地说："啊，是吗？"

她常用温柔的声音说话，我觉得她的话好像在传达这个意思：我自己知道，我比所有的人都美，都纯洁！所以我不需要他们。

我认为夫人所崇尚的一定是一种完全不同的爱情，她不会理解像厨房间和什物间里的那种爱情。

一天，我来到玛尔戈王后家，却发现她和那个拉小提琴的军官亲昵地靠在一起说笑着，满脸幸福的样子，我的心一时不知道是个什么滋味儿。

我从没想过她也和别的女子一样恋爱，我觉得我好像失掉了什么，在深切的

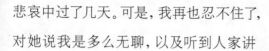

悲哀中过了几天。可是，我再也忍不住了，对她说我是多么无聊，以及听到人家讲她坏话时心里怎样难受。

"人若会过日子，别人就恨他嫉妒他；不会过日子，人家就瞧不起他。"她沉思地说着，把我拉到她自己身边，抱住我，笑眯眯地注视着我的眼睛说："你喜欢我吗？"

"喜欢。"

"谢谢你，你真是个好孩子。"

"那你就多来我这里玩玩吧！"从此，我利用到她家的机会，从她那里得到了许多有益的教导。

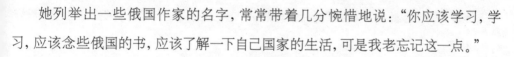

她列举出一些俄国作家的名字，常常带着几分惋惜地说："你应该学习，学习，应该念些俄国的书，应该了解一下自己国家的生活，可是我老忘记这一点。"

在她的指导下，我已读了阿克萨科夫的《家庭纪事》以及著名的《猎人笔记》，此外还有俄国其他作家的著作。这些书洗涤了我的身心，我知道了什么叫做好书，我感到了自己对于好书的需要。

外婆来的时候，我很高兴地对她谈起了玛尔戈王后，外婆一边津津有味地听着，一边说："啊，这可不错。好人到处都有。"

玛尔戈王后没有能够帮助我学习——三圣节那天，发生了一件倒霉的事。

节日前几天，我的眼皮忽然肿得吓人，把眼睛都压住了。再没有比失明更可怕了，这是一种不能用言语说明的懊丧，它夺去一个人十分之九的世界。

连续几天躺在床上，令我非常不适。这天下午，我去抱劈柴，发现西多罗夫的空钱包掉在猫洞旁，我捡起来给他送了过去，可叶尔莫欣却认定钱包里的钱是我偷走了。他们抓住我的胳膊把我带到主人面前向他告状。主儿连连称是，而女主妇更是肯定地说："一定是他干的。"我冲着主妇一通吼骂，遭到他们的痛打。

挨打倒并不十分痛苦，比这更痛苦的，是我想玛尔戈王后会怎样看我呢？晚上，我正躺在阁楼上，忽然听见底下洗衣妇纳塔利娅的叫声："你昨天给我看的钱是多少？这钱是哪里来的？你说。"

西多罗夫懊丧地说："你呀，叶尔莫欣，亏你冤枉那个小孩子，还打人家！"

听到这些，我高兴地喘不过气来，真想立刻跑到院子里去，去亲吻一下洗衣妇。不料这时候家里的主妇嚷道："打那小家伙，是因为他骂人。可是除了你这下贱婆娘，谁也没有说他是偷钱的呀！"

"你才是下贱婆娘呢。我告诉你，你是头母牛。"

我听到这个骂声，简直跟音乐一样好听。

我努力屏住呼吸。一会儿，我的主人走上阁楼来。我对他轻声说："等伤好了，我就离开你们。"

他默默地坐着低声说："好吧！你也不是小孩子了。自己好好想一想，要怎样对你才好。"

终于我离开了主人的家。我很想去跟玛尔戈王后道别，可是我没有勇气。和小女孩儿分别时，我还嘱咐她转告她妈妈，我很感激她们的帮助，当时她还对我说明天再见，可是没有想到这一分别就是二十年。

在人间 第十一章

　　离开后，我来到了"彼尔姆号"轮船上，在这里我做洗碗工，帮助厨师完成他的任务，在这里我的月薪还不错。首先认识的是食堂管事，他是一个胖胖的有点儿傲慢的家伙。

　　厨师伊凡·伊凡诺维奇绰号"小熊"，他是个小胖子，鼻子像老鹰，眼睛里含着滑稽的神气。他爱打扮，每天刮胡子，一有时间就对着镜子修饰自己。

　　司炉工雅科夫·舒莫夫很爱赌钱，他是这里最有趣的，年轻的时候在梁赞牧人家里当牧童，后来经一个过路的修道士劝诱，进了修道院，在那里当了四年杂役。

Tongnian Zairenjian Wodedaxue
童年·在人间·我的大学
Tongxiandu de shijie mingzhude
Luchangxiao de shijie mingzhu

"差一点儿我就成了修道士。"他开着玩笑,"可一个很有意思的女人,把我的心扰乱了。她让我看院子,我跟她好上了,在她家里吃了三年饭。"

厨师打断他,"要是吹牛可以挣钱,你准发财!"

雅科夫没有理会他,而是把糖塞进嘴里,继续说:"这女人年纪比我大,我同她在一起觉得很无味,我和她侄女好上了。她发现后,把我撵走了。以后我闲荡了一段时间,又开始跟弗拉基米尔城的一个老头儿贩卖货物。"

"也偷盗吗?"厨师正经地问。

"那老头儿可不干这事!他说一个人在外国,必须规矩、正直。不过,做贼谁都试过。很不走运,后来我给人家捉住了,送到警察局里。后来我被罚在那人家里做工,好辛苦。"

"你这种家伙,不应该放了,应该在水里淹你三天,你活着干什么呀?"厨师插嘴说。

"这个我也不知道。活着就是活着,可人人都得吃东西。"

厨师更加发怒了:"你就是一头猪!不,你连猪都不如!"

"你干吗骂人?"雅科夫吃惊了。这个人立刻把我牢牢吸引住了。我用惊奇的眼光望着他,我觉得他心中有一种自己的坚固的生活知识。他对任何人都称

"你"，对任何人都一样正面直视，无论是船长、食堂管事、头等舱的阔客，他都把他们同自己、水手、食堂的侍役同等看待。

逐渐地我发现，他有一点与众不同，好像从来没有受过委屈，他会把所有的事，都泰然地、不怀恶意地全部说出来。大家说他是懒鬼，我却不这么看。

他站在又闷又热的炉口老实地做工，从不抱怨。

有一天，他要我跟他赌钱，我说我不会。

"你不会？"他奇怪了，"我教你。"

我们赌着玩儿，赌糖。他赢了我半块白糖，后来，见我已经会赌了，他很快就赢光了我的钱。我还输了一件褂子，一双新靴子。

雅科夫不高兴了，有点儿生气地说："不，你不会玩儿，太性急了，一下子就把褂子、靴子都输掉了！这些东西我不要。我把衣服靴子还你，钱我还你四卢布，我拿一卢布，算是学费。"还特别嘱咐我要学会头脑冷静，我很感激他。

他有很多吸引我的地方，但他那种对人极度的、恐怕一生也改不了的冷漠态度，却使我很不喜欢。

一天，有一个彼尔姆商人，喝醉酒落进水里了，淹死了。他的同伴儿酒醒了以后，坐在船艄，伤心地说着："真是飞来的横祸！以后怎么办呀？怎样对他的家人说呢？"

雅科夫安慰他："买卖人，没有关系！谁也不知道自己要死在哪里。有的人吃了蘑菇，一下子就死了！成千上万的人吃蘑菇，吃死的却只有他一个！这能怪蘑菇吗？"

开始商人默默地哭泣，用手擦着泪水。听了他的话，忽然喊道："魔鬼！你为什么要折磨我？"雅科夫只好走开，嘴里说着："这人真怪！人家好好劝他，他却来寻事。"有时我觉得雅科夫好像有点儿傻，但我时常在想，他大概是在故意装傻。

我常向雅科夫追问他的经历和见闻。他说："叫我说什么好呢？我是什么都见过的。你问我见过修道院没有？见过呀！那么下等酒馆呢？也见过。绅士老爷的生活，庄稼汉的生活，别问我了，我什么都见过。"

他说这些话的时候，我知道了，他有许多我不能理解的东西。

"那你看厨师怎么样？"我问。

"你说'小熊'吗？"雅科夫冷淡地说，"这没有什么可说的。"

厨师很正派，没有一点儿可以指责的。他只有一件事很有趣，他不喜欢雅科夫，常常骂他，可是却总和他一起喝茶。

有一天，他对雅科夫说："如果现在叫我做你的主人，像你这种好吃懒做的，我每天都要打你！"

雅科夫认真地说："太狠了呀！"

厨师骂雅科夫的时候，不知为什么总是把种种东西给他吃。雅科夫慢慢地嚼着，说："太感谢了，多亏了你，我长了不少力气，"我觉得很奇怪的，任何人只要不高兴都可以骂他。可为什么却不开除他？

我想知道原因，一次，我问他们："雅科夫是好人吗？"

"雅科夫？还不错，无论你对他怎么样，他都不会怪你。"

当他站在我面前，像一只锁上的箱子。我觉得这箱子里藏着我所需要的东西，我老是尽力寻找开箱子的钥匙。

"大家欺负你吗？"我问他。

"谁欺负我？我有的是力气，我会给他一下。"

"我不是说打架，我问你的灵魂受过欺侮没有？"

"在我看来，灵魂永远不会接受欺侮。"他说，"不管你用什么，你不能接触到灵魂。"

"灵魂是什么？"

"灵魂是一种精气，上帝的呼吸。"

在我的继续追问下，他低下头说："老弟，连神甫也不大了解灵魂呢！这是秘密。"

有时他突然请求说："喂，念首什么诗听听吧！"

　　我记住了不少的诗,而且有一本挺厚的本子,抄下自己喜欢的诗句。

　　我常常把书上读到的故事讲给他听。这些故事在我的脑子里混在一起,编成了一个很长很长的故事。

　　我的故事里有各种各样的生活,还充满着火一样的热情,各种狂暴的戏剧,华丽的贵族趣味,梦一般的幸运、决斗、死亡,高尚的言语和卑鄙的行为。这种凭着灵感变换人物性格和变换事件的故事,是我自己的一个另外的世界。

是书籍把我塑造成一个不易为种种病毒所传染的人。我知道人们怎样相爱，怎样对待困难。

我同雅科夫讲故事，差不多总把这位皇帝当做重要的主人公。雅科夫好像也爱上了法兰西和"亨利皇帝"。

"亨利皇帝是好人，同这种人混在一块儿，去捉鱼，去干么都好。"他说。

卡马河两岸转成了红色，树叶也开始变黄，雅科夫忽然离开了轮船。

头一天晚上他还对我这样说："后天咱们到了彼尔姆，上澡堂舒舒服服洗个澡，出了澡堂，再到有乐队的酒馆去。挺惬意呀！"

没有想到，在萨拉普尔上来了一个胖汉，他生着一副女人的面孔，没有胡子，皮肤松弛。他穿着厚厚的长外套，戴一顶狐皮长耳朵帽子，使他更像女人。

我问雅科夫这是什么人。他冷笑着回答："是阉割派教徒，从西伯利亚来的，真远，我决定跟他去做工了。船一到彼尔姆就上岸，要跟你分手啦！这个人住的地方很远。"

"你以前认识他吗？"我想不到他突然下了这个决心，吃惊地问。

"没见过，他那地方我也没到过呀！"第二天早上，雅科夫穿着油腻的短大衣，赤脚套上破鞋，戴着"小熊"的破旧的无檐草帽，走过来伸开生铁般的指头握紧我的手，和我告别。然后他摇晃着离开，在我的心里留下了痛苦的复杂的感情。我确实不大想和他分离，也实在不明白他离开的原因究竟是什么。

在人间 第十二章

我们的轮船到了深秋就开始停航，没有什么其他事可做的，我来到了一家圣像作坊，开始做起了学徒。

这里的老板娘是一个脾气温和的老太婆，却很爱喝酒。她把我交给一个身材矮小的掌柜使唤。那是一个年轻的小伙子，十分英俊。

黎明时分，我都要和他顶着寒风，穿过伊利卡街到市场去。店铺在中心商场的二楼，光线很暗，里面摆满了圣像和神龛。

我的工作一开始就是收拾铺子，拂拭货品上的灰尘。

掌柜告诉我大多数的顾客只要价钱便宜，不管货物的好坏。他还教导我：你要记住所有圣像的尺寸、质量和价钱，还有它们的用途和区别。记住：沃尼法季防治酒狂病，瓦尔瓦拉大殉道女防治牙病和暴死，瓦西里义人防免疟疾……瞧着：悲叹圣母、三手圣母、消愁圣母、喀山圣母、保护圣母、七箭圣母……

我很快就记住了各种圣像的价钱，也记住了圣母像的区别。但是要记哪种圣徒的作用，可不容易。

掌柜有时候会忽然来考我所告诉过的，要是我回答错了，他就会轻蔑地问："你怎么搞的？"

我不喜欢那些画得奇形怪状的圣像，把它们卖给人家觉得很难为情，所以很不乐意，勉强地招揽买主。

星期三、星期五是赶集日，生意很好。很多乡下人都是一些旧教徒，在外廊上慢腾腾地走着，要我站在这种人跟前真是难为情，又别扭。只好费劲儿地挡住他们的去路，发出蚊子似的细声说："老大爷，您需要些什么？"

很多买主会长久地瞧着我，默不做声，忽然把我推到一旁，走向隔壁的铺子里。这时掌柜就怒叫道："把人都放走了，蠢货。"

我认真地学习，不管什么工作。只要做了，就该做好。

我很喜欢乡下人，在他们每个人身上，都可以感到雅科夫那种神秘的气味。老人们经常拿一些旧版书、旧的圣像、十字架来卖。我们的掌柜跟隔壁的老板对于这种卖主非常注意，拚命地互相争夺。

这种卖主来到时，掌柜就差我去请博学的彼得·瓦西里伊奇，他是古本、圣像及其他一切古董的鉴定家。他个子很高，留着长胡子，长着一双聪明的眼睛，和蔼可亲。

他的外表和他的行为可不能说很一致，他常常和掌柜串通好来骗那些卖货人。要是他说"假货"，那便是值钱的珍品。他又用种种黑话告诉掌柜，这个圣像或是这本书可以出多少钱。

看到他们欺骗卖主，我觉得害羞，但鉴定家这种巧妙的把戏，看着也很有趣。

整个市场的居民都无聊地做着恶意的游戏，过他们奇怪的日子。外地来的乡下人，要到城里什么地方去，向他们问路，他们总是故意把错的路径告诉人家。这种事早已司空见惯，连骗子都不屑引以为乐了。

他们捉了两只老鼠来，把尾巴打上结，放在地上，瞧老鼠走相反的方向互相咬啮的样子，高兴得不得了。有时候给老鼠身上浇了火油，把它烧死。有时候把破洋铁桶吊在狗尾巴上，狗吃惊地汪汪叫着，拖着破洋铁桶乱跑乱奔，人们看着哄声大笑。

生意清淡的时节，他们说话也是懒洋洋的，可是一动气就吵嘴。大概他们故意这样，只不过为了互相表示自己还活着。他们在对人方面，永远是一种想嘲弄的态度。

有时候，我把这些话对彼得·瓦西里伊奇说。他虽然老是嘲笑和捉弄我，但是他喜欢我热爱读书，有时候用教训的口气同我说话。

"你不爱商人的生活。你知道商人的生活吗？你常常去他们家串门儿吗？这里是街道，而在街道上不住人，只做买卖。你这样的年纪，不是靠脑筋过活，你只要看着，记住，不多说。"

从他那里，我还学到：智慧是做事用的，读书是好事，但是对一切都要有个限度。有些人书读得太多，变成书呆子，变成没有信仰的人了。

有一次我大胆地提醒他："可是你也常常欺骗乡下人……"

他听了，并没有生气，"这有什么了不起呀！不过几个卢布。"

有些经学家也时常来我们的店铺，每次都带一些圣像、古书和香炉来出售。没事的时候，就坐在一起交谈尼康派教会对他们的迫害。

当他们说到宗教压迫的时候，便不断地使用"警察、搜查、监狱、审判"等字眼儿，这些都会激起我对这些老人的同情和好感。在我的心里，他们的经历对我一定大有帮助。因为我读过的各种书已经教会了我尊重那些坚定的精神，而这些人在我看来时刻准备接受各种苦难，他们坚忍无比。

在人间 第十三章

二十来个画匠拥挤在圣像作坊里忙碌着,这里共有两个房间,里面摆满了桌子,每张桌子边上坐着一个圣像画工。

有时候一张桌子旁坐着两个人。由于工场里很闷热,大家都穿着敞开领口的布衬衫,光着脚坐在那里,还有的在一边哼歌一边忙活。

这个工作被分成了一连串琐碎的工序,画匠们并不这样。

细木匠潘菲尔,刨好胶好各种尺寸的木板。害肺病的青年达维多夫把它们刷上底漆。他的伙伴索罗金,再加上一层底色。米利亚申用铅笔从图像上勾下一个轮廓。

戈戈列夫老头便涂上金,并在上面刻出图样。画服装的画上背景和服装。画脸的西塔诺夫画好了"身体",圣像便交给另外一种工匠,他照涂金师傅敲出的模样,涂上"珐琅"。

画神幡的师傅是卡别久欣,最后涂亮油的活儿是工头自己动手。工头是拉里昂诺维奇,是一个和蔼的人。

我在圣像作坊里的工作并不复杂。早上,我先给师傅们烧好茶饮。他们在喝茶的时候,我同巴维尔收拾作坊。

在晚上,我经常同他们谈船上的生活,讲书中的各种故事,不知不觉成了个说书的。

我很快就明白了,这些人都没有太多的经历和见识,差不多每个人很小就在作坊里做工,很少出去。他们很喜欢听恐怖的奇闻和曲折的故事,事情越是荒谬,故事越离奇,他们就越听得津津有味。

从他们的眼神里,我看出来大家不愿意看到现在的贫穷和丑恶,都幻想未来有多么美好。

我开始起劲儿地搜寻书本，几乎每天晚上都读。我把那些都念给他们听，大家高兴得很。

拉里昂诺维奇说："念书很好，免得大家吵架胡闹。"确实这是些欢乐的夜晚，作坊里寂静得同午夜一样，有时候对书本的作者，对书中的人物，发出赞叹的声音。

看到他们专心、温和的样子，我特别喜欢他们，他们对我也好。我觉得我是在我应该在的地方了。

我记得刚读《恶魔》的头几行，西塔诺夫就张望着书，把画笔放在桌子上，长长的两手插进双膝之间，微微地笑着。

"伙计们，静一点儿。"拉里昂诺维奇说着，也放下了工作，走到我在那里念诗的西塔诺夫的桌边来。

我被深深地感动了，声音常常中断，眼里流出泪水，看不清诗句，而更加感动我的，是作坊中低沉而谨慎的动作，整个作坊似乎都沉痛地沸腾起来，好像受了磁石的吸引，围在我的身边等我读完第一章。差不多所有的人全围在桌子的四周，彼此身子紧靠着，互相拥抱，皱着眉头微笑。

我念完了，西塔诺夫把

书拿过去，说："再来一次才过瘾，你明天再念吧！书放在我这里。"

巴维尔比我大两岁，是一个圆脑袋的孩子，活泼、伶俐，天资很高。他善于画鸟、猫和狗，我们相处得很不错。

有时候，他会给师傅们画漫画像，常常把他们画成鸟儿，而且出奇地神似。当他把漫画给师傅看时，大家都很开心。

但是，他画的戈戈列夫的画像却给人不太好的印象，于是都劝告他："最好把它撕了，他看了肯定会生气的。"戈戈列夫是一个让人讨厌的老头子，常把作坊里的事告诉掌柜，作坊里的人都恨他。

我发现巴维尔在想尽种种方法来捉弄他。我也尽可能帮助他，师傅们瞧着我们的恶作剧都挺快乐，但是警告我们："小伙子，你们会吃苦头的。没准儿会被赶出去。"

我们并没有在意这些。一天，他喝醉酒睡了，我们在他鼻子上涂了金，整整三天，鼻沟里一直沾着金屑，洗刷不掉。每次我们惹老头儿发急的时候，我就记起船上那个矮小的维亚特士兵，心里感到很不安。

尽管年纪不小了，戈戈列夫却有很大的气力，一不小心被他抓住，就把人痛打一顿。打了我们后，他还要去向老板娘告状。

喜欢喝酒的老板娘威吓我们，猛拍桌子，嚷道："你们又胡闹啦？他年纪老了，要尊敬他呀。是哪个把煤油放到他酒杯里的？"

"是我们！"

老板娘听到我们竟然主动承认，感到特别惊奇。

后来，我听说老板娘过去家大业大，是一个很兴旺的作坊，但现在什么都不行了，一切都操纵在掌柜手里。

达维多夫一直躺在高板床上，不停地咳嗽，奄奄一息，他害了痨病。大家建议把他送到医院里去，但是他的身份证过期了。

后来，他病好了一点儿，最后终于决定："反正是绝症，不用送医院了。"

他自己也有预感，说："我活不长了。"

他死得很慢，甚至感觉连他自己也有点儿心急了，他懊恼地说："我怎么还不死，真要命。"终于，在一个夜晚，达维多夫离开了我们。

四周寂静无声。日哈列夫画了一个十字，身子裹在被子里说："唉，让他升天吧！"

卡别久欣从高板床上爬下来，向窗外张望，"让他躺到天亮吧！他活着的时候也没有打扰过任何人。"巴维尔头钻在枕头底下，痛哭起来。

春天似乎不知不觉地降临到人间。野外的雪在不断融化，天空的冬云渐渐消散，空气也变得暖和了。

在我的命名日，作坊里的人送给我一张小巧精美的圣徒阿列克谢的画像，日哈列夫作了一大篇堂皇的演说，使我永远不会忘记："你是谁？不过是出世十三年的小孩子，一个孤儿。我年纪比你大三倍，也要称赞你，因为你对万事从不背过脸去，总是面向一切。你要永远这样，这很好。"

他说得枯燥乏味，师傅们都嘲笑他。我两手捧着圣像，站在那儿，心里感动而又局促不安，不知道要怎样才好。卡别久欣终于懊丧地向演说家嚷道："快停下来，他冷得不行！"

听到这些，他拍了一下我的肩头，也称赞起我来了："你的好处，是你对大家都很亲热，这很不错。"

掌柜却恨死了我，近来更是变本加厉。我很想知道他到底为什么对我这样。

他总是想尽一切诡计来陷害我，这使我非常厌恶，难以忍受。

现在，一切宗教书都读完了，鉴定家的议论和谈话，也不能吸引我，他们说来说去老是这么一套。

彼得·瓦西里耶夫却了解生活的黑暗，讲起话来有声有色，还能引起我的兴趣。

我们要预料到，当我把别人的事，自己的心思，坦白地同这个老头儿讲的时候，他却把我所说的告诉掌柜，掌柜听了不是嘲笑我，就是斥责我。

我真想逃到什么地方去。在复活节的那一周，因为天气很好，我到河边去散步，在那里碰到了我的旧主人，外婆的外甥，他还劝我回到他那里。

"告诉你，伙计，我包了市场上的许多建筑工程，我会派你到市场上去，替我当个像监工的人，材料运到，你收下来，按时分配到一定场所，防备工人们偷盗，好吗？薪水一个月五卢布，另外每天给五戈比中饭钱，怎么样？我等着你来。"

一回来，我就告诉他们我要离开这里。很多人都对此表示惋惜，特别是巴维尔，他更舍不得我离开。作坊里还给我举行了饯别会，愁闷而枯燥，大家心情都不好。

在人间 第十四章

大街小巷都春意浓浓，我和主人穿行在平静而混浊的水面上。主人埋怨说水涨得很高，这次不太好开工。他指着那些有人的地方，对我说："这里是市场更夫住的地方，他们常常坐上小船，出去巡逻，要是没有看到小偷，他自己就偷东西。"

我很熟悉这里的一切，而且对这里的一切都有好感。可是现在，我身后的水里的城市却在经历着一场磨难，而我想，这个城市本身也没有预料到会出现这个情况。

此时，我觉得自己更像一个大人了，可以胜任一切工作。

现在一个大家庭住在从前玛尔戈王后住过的房子里面，那里有五个漂亮的姑娘，两个中学生。他们也会借书给我看，我最喜欢的还是屠格涅夫的作品，他的作品语言流畅，通俗易懂；作品中的人物各个纯洁、高尚，所有的事物都令我无比陶醉。

傍晚，人们就会聚集到一起谈论小说和诗歌，我早已熟悉这一情景。他们谈得更多的是教育，我听了他们的话，觉得自己比他们都自由些。尽管我读的书并不比他们少，我还是羡慕他们能每天自由自在地去学校读书。

一天，我刚走进餐室，就看见了我早已忘掉的一个人——我的继父，他和店主正坐在那里喝茶谈天。他看我进来，连忙说："你好呀！"这令我的心里一下子多了几分愤怒和不快。他的脸上依然带着微笑，却明显瘦弱了很多。他的衰弱的身躯把他的眼睛衬托得特别大，或许这是唯一还能引起别人注意的地方吧。

他的肺病很严重，可能是估计自己日子不长了，他紧紧握着我的手，低声说："我的病大概是治不好了，或许多吃些肉会好病。"眼神中处处流露着无助与茫然。

我发现他特别喜欢吸烟，除了吃饭的时候一直都在吸。我每天给他买香肠、火腿和沙丁鱼。可是那个老主妇却常常笑话我是在做毫无意义的事情，根本无法挽回他的性命。

虽然主人们也常常劝他吃一些药，可是背后却笑他得这样的疾病是自找的，我听到后感觉很不痛快。老主妇有时候嘲笑他这个时候还要注意仪表，我却觉得这个没有什么大惊小怪的，也没有什么不好。

小市民通常对于贵族很反感，这个我很理解，而这却不知不觉地使我和继父接近起来。

一次，继父来到后门的门廊里找我，我正在看书。他说："你天资不错，就是没有机会上学，可惜了，可惜了。"

"我在学习呀！看书也就是我在学习啊。"

"我看这是两码事，想学习就要进入学校去接受教育。"

突然，一种莫名其妙的感情占据了我的思想，我好想对他说："你也进过学校，可是有什么用处呢？"好在我还是控制住了，没有说出来。而继父通过我的神态好像感觉到了我的意思，补充说："有志气的人，学校就能给他所需要的教育。有大学问的人，才能推动社会生活。"

继父从不对我说起母亲，连她的名字也不提起，我很喜欢他这一点，心里也更加怜悯他现在的遭遇和不幸。可是，由于病情严重，无法治疗，继父还是离开了这个世界。

那是八月的一天，树叶开始飘落，大地也一下子仿佛失去了生机和活力。

每天早晨六点钟，我都会到市场去上工，也会见到许多有趣的人，灰白头发的木匠奥西普就是其中一个。

此外，还有瓦匠叶菲穆什卡，他是个驼子；笃信宗教的石匠彼得，是个沉默寡言的人；泥灰匠格里戈里，温柔和气，外表十分俊朗。

他们全是十足的好人，每个人都有各自的特长和爱好。每个星期天，他们都会到厨房里来，认真地、愉快地谈论着使我感觉很新奇的有趣话题。我也从他们那

里收获很多。

他们中间我最喜欢的是格里戈里了，我甚至要求跟他去当泥灰匠，可是他没有同意。他问："或许你生活得不好？其实任何困难只要忍耐就一定能度过。"

虽然当时我还不知道这个善良的忠告对我的人生有什么启示意义或有什么好处，但我还是很感激他。

我的工作就是负责监督这些人，防备他们偷盗钉子、砖头、木板之类的东西。他们在主人的工程以外，都有自己的私活儿，每个人都想从我身边拿走些什么，或许这样可以叫他们快乐地投入到私活儿中来。在我眼中，他们都很好，但我必须把他们当小偷一样。

也正是意识到了这些，我感觉很害羞，有时候也很为难。奥西普很快就看出来了，有一天，他单独对我说："年轻人，不知道为什么，你总是板着脸，有用吗？"

我没听懂他的话，但感到这老头子知道我的难处，于是我很快就同他成了知己。

他把我拉到僻静的地方对我说："你要知道，我们当中，主要的小偷是石匠彼得，那家伙养活一大家子人，贪心得很，你要留心他，他什么东西都想偷。叶菲穆什卡像个女人，很温和，不会得罪你。至于格里戈里，他有点儿傻，不但绝不拿别人的东西，连自己的也会给人，真是看不懂他为什么会这样。"

当被要求谈谈他自己时，他说："到时候再说吧！我和平常人一样，到那时候再讲自己，你等着吧。你不是爱动脑筋吗？你可以慢慢观察我。"

这更令我相信他比他们聪明得多，天底下的事他都知道。他们什么事情都同他商量，听从他的劝告，对他很尊敬。

"对不起，你给我出个主意。"他们这样请求他。但当问题谈完，奥西普走开之后，石匠就偷偷对格里戈里说："邪教徒啦。"

格里戈里冷笑着补充："小丑。"

格里戈里亲切地警告我要当心那个老头儿，说他很快就能叫我上当，真是可恶。听了这些，我更感觉到茫然，一时不知该相信谁。

每天五戈比的餐费，我总是吃不饱。工人们见了就拉我去吃早饭和夜饭。

有时候，工头儿们也邀我到吃食店喝茶，我高兴地答应了，我喜欢坐在他们中间听那些缓慢的谈论和奇怪的故事，这和看书一样很有乐趣。

奥西普睁着浅蓝色的眼睛对我说："孩子，读了很多书也不要满足，不是吗？你要多积蓄些知识，将来一定有用。"

他还鼓励我去多了解书本和其他文章。在他看来，书是要搅昏人家头脑的，一切事，都要靠智慧去做。这一点我十分相信，我们都是在智慧的指引下去忙碌，去生活。我认为，人若是没有了智慧，也就失去了生存的意义。这样看来，我以前读过的书对我的帮助确实不小。

在 人 间 # 第十五章

我顿时觉得奥西普算得上一个伟大的人物了，他很有魅力，好像比我以前见过的一切人都要聪明得多。

我又联想起我的外公、鉴定家彼得·瓦西里耶夫、厨师斯穆雷等人，甚至一切在我心中印象深刻的人都浮现在我眼前。

我一时间特别想了解这个人，于是来到他身边。可是他似乎在试图躲避我，我不知道是什么原因。

他依旧在坚守着自己的性格，这更加显得神秘，我也更佩服他了。

七月初的一天，格里戈里被一辆破马车拉到工地上，满车酒气，随行的还有一个胖女人和一个车夫。格里戈里喝醉了，他从马车上爬下来，坐在地上对我们诉苦："我犯了大罪，怎么会弄成这副样子！"女人大声笑着，车夫却叫嚷着他应该赶紧上车。

这匹马衰弱无力，满身大汗，看起来根本承受不住如此大的力量，整个身体好像陷到了地面以下，这个情景真是可笑。格里戈里的徒弟们望着自己的工头儿、打扮起来的女人和傻头傻脑的车夫，都忍不住大笑起来。

福马却没有什么表情，低声说："他家里有老婆，简直发疯了。"

车夫连连催促着要走，女的从马车上下来，把格里戈里弄上车，把他放在自己脚边，喊道："走吧。"徒弟们善意地拿工头儿开玩笑，后来福马喝了一声，大家又做起工来。看来福马一定见了格里戈里的丑态后感觉很伤感。

"这也叫做工头儿。"他说，"不到一个月的时间都熬不住！"

我常常疑问为什么格里戈里当工头儿，而识字且肯干的福马却当了伙计。福马常替工头儿计算开支，而且时常激励大家干活儿。

有一次我对福马说，你可以去当工头儿，他懒懒地说："要是能多挣一些还行，否则也就没有什么意义了。"然后还和我开了个玩笑，我只好作罢。

后来听说他去一家小店当了跑堂，因偷盗被捕了，至今我还惊讶竟然听到关于他的这样的结果。

还有一个特别令我惊讶的，是石匠阿尔达利昂的经历。他在彼得一伙中是最能干的工人。我同样认为他才应该去做工头儿。他做工本领不小，也喜欢自己的工作，而彼得简直无法和他相比。

谈到自己的工作，他曾话："我替人家盖砖头房子，却在替自己造木头棺材。"他看起来前程一定不错，可是后来却和一个鞑靼女子好上了，并开始酗酒，结果再看见他的时候，他已在流浪，自暴自弃了。

星期天我常到城外百万街去，那里是流浪人的集合地，我瞧见阿尔达利昂如何变成一条真正的汉子。

奥西普看到我跟阿尔达利昂有了往来，马上严肃地对我说："你怎么能和这里的家伙交起朋友来呢？小心自己受到伤害。"

我告诉他，看到他们可以不做工而快活地生活着，有时候确实难免羡慕。

"他们也没有什么，就像天上的飞鸟。"他打断我的话，"他们只是上天安排流落到那个地步，他们没有什么用处，讨厌做工，所以还有什么意义呢？"

我回答说做工有时候一样还是造不起房子。

"傻子才说这种话。"奥西普生气地说,"人总要有追求的,然后就看你的奋斗了。我要把这事告诉你主人,请不要恨我。"

尽管主人没有竭力劝阻我去百万街,不久我还是不再好和他来往。

一天,洗衣妇纳塔利娅在百万街和我遇到了。"你竟然在这里!"她又激动,又略微有些惊讶,她是关心我才如此,于是我回答:"来这里随便看看。"

她脸色憔悴,眼睛无神,生气地说:"这是什么地方,有什么好看的?"

我们在吃食店里坐下,她喝了伏特加和热茶,讲起话来也像这条街上的女子一样粗鲁。当我问到她的女儿时,她马上叫喊说:"你想干什么?可别乱打主意!"接着,他低声说:"我们没有关系了,她,不要我了。"然后故意岔开话题,"你对洗衣妇感兴趣吗?"

她这么一问,我立即看出来她靠什么生活了,可我还是不免同情她。以前的她是多么勇敢、独立,也更显得聪明。

"我看你还是赶紧离开这里,回去吧!千万不要再来。"她叹息了一声说。

"其实,这些请求和忠告对你可能真的没有什么用处。连亲生的女儿也不听我的话,到喀山去了,我没有办法生活了,就只有这条路。"

我不忍再同她坐在一起,我轻轻站起来说:"再见吧!"

"走开吧!"她不看我,做着赶人的手势。

我来到阿尔达利昂的地方，可是他跟罗宾诺克却不在那屋里。我走到大门外边，碰见纳塔利娅在哭，她身后跟着阿尔达利昂和罗宾诺克。

罗宾诺克说："让她再吃一拳。"

我拉住阿尔达利昂的胳臂，高声叫道："不许动她。"连我自己也不知道哪里来的这股子力量。

他哈哈大笑，"她是你的情人吗？"跟着，罗宾诺克也开始大笑起来。

我无法承受这样的羞辱，一脑袋把罗宾诺克撞倒在地上，然后一溜烟跑掉了。从此以后，我再也不去百万街，并试图永远忘记这个鬼地方。

偶然有一次我碰见了巴维尔，他开始训斥我："你干什么去做那种没有出息的事？简直太无聊！"

后来，我问起他作坊里最近的情况，他告诉我日哈列夫同一个女人搅在一起；西塔诺夫现在喝酒喝得很凶；戈戈列夫回家去过圣诞节喝醉了酒，被狼吃了。说到这些的时候，他一直伤感着。

我未免也有些悲哀，尽管这个作坊在我的记忆中略微遥远一些，但是还在我的心里占有一块地方。

冬天，工地上几乎无活可干。正好我可以读书，学做诗，有时候也会念一些杂志给主人听。

到了休息的日子，我就到外边去逛一下，放松一下自己；傍晚时候我去听歌，也很享受。

慢慢地，三年光阴过去了，我已经当了三年"监工"。整天为我的监工角色而不停地工作着。主人是个吝啬鬼，舍不得把给我的五个卢布白花，设法要我做更多的工作。可是当我在做这些工作时，就忽略了对木工的监督，他们就偷各种小件东西。

工人和工头儿，用种种方法欺骗我，设法偷盗东西，我抓住他们的时候，他们也毫不生气，只是表现出很奇怪的样子说："看你那么卖力，还不是只拿五卢布？忙活的有什么劲儿！"

　　我并不生气，这很平常，毕竟大家都在偷盗，连主人自己也喜欢拿别人的东西。

　　一转眼我十五岁了，但有时我自己感觉已成了一个中年人，这全是我读过这么多的书和这么多的经历锻炼出来的。

　　可是经验尽管不少，但并不牢靠，它们有时候也使我动摇不定，不知如何是好。

　　这时我的性格已经分裂为两半了，一半对于卑鄙龌龊的事情特别熟悉，因此多少有点儿怯懦和无助。另一半受过诚实的书籍的洗礼，那里有促使我观察日常发生的琐事的那种巨大无比的力量，并帮助我排除烦恼和走出困境。因此，现在的我几乎无所畏惧，时刻准备着迎接下一次考验的到来。

　　对于周围的人们，我不想做出伤害他们利益的事情。我只想把头脑之中所有好的东西、人性的东西，都体现在我的行动里。

　　傍晚从市场回家，我常常站在城墙边，眺望伏尔加河对岸太阳西沉的光景，但使我想得最多的，是世界的浩大，从书上见过的那些城市，过着不同生活的外国人。在外国作家的书上，这种生活比我周围那种迂缓单调的沸腾着的生活，是写得更清洁、可爱和安逸的。

　　我一时难以平静，这引起了我对另一种生活的幻想。我始终觉得一定会有一个聪明的人带我向光明。

　　一天，我正坐在城墙边的长椅子上，忽然舅父出现了。听外婆说，雅可夫舅父这几年完全破产了，家当全都卖光了，后来当了一段监狱的看守，好像也出了问题。我们决定谈一谈，我很高兴有这样的机会。

　　来到一家小酒店后，他稍微喝了点儿酒，我们谈了很久，他看起来精力很充沛，说到动情处，我就和他一起感到忧郁。不知不觉天已经黑了，一切都是十分熟悉的。现在，到雷宾斯克去的轮船和到彼尔姆去的轮船都快要拉汽笛了。

　　"好，该回去了。"舅父说。

从酒店出来，他劝告我："你不要忧郁，你好像有一点儿忧郁，不是吗？你还年轻！千万不能让命运妨碍我们的欢乐。"

终于，我还是踏上了去城里的路。那天天气不大好，我走到伏尔加河的斜滩上，躺在了草地上，周围的一切都那么安静。

我静静地看着远方，想：我应该去读书了，去开拓属于自己的生活。是对接受教育或上学的愿望才促使我作出这样的决定，那个时候，我也不知道这样的决定究竟如何影响了我。

我的大学 第一章

为了满足大学梦想，我来到了喀山读大学，我想我的希望就在这里。我产生这个念头多亏了叶甫里诺夫。他长发浓密，性格活泼，很讨人喜欢，在读中学。

认识了他后，他对我说："您就是为科学研究而生的。大学里面需要的正是你这种人，到了喀山可以住在我家，你很快就能完成中学的学业。"

"然后呢？"

"然后去参加考试，就能申请助学金上大学。再用四五年的时间，你就是学者了。"他讲得很轻松，毕竟他只有十九岁，又很乐于助人。

考完试之后，他就回家了，又过了两个星期，我决定动身。离开之前，外婆语重心长地对我说："以后别总对人发脾气，这都是跟你外公学的。你看不见他得了一个什么结果吗？可怜的老头儿，活来活去，到老成了傻子。"

　　她擦掉脸上的泪水，接着说："恐怕我们不会再见面了，你要到海角天涯去，我却要不久于人世了。记住我的话就好！"

　　我一想到这个真心爱我的亲人要弃我而去时，心中有一丝悲哀，就是这个我最爱的亲人，这些年来一直还挂念我，为我担心。

　　我一直站在船尾向外婆张望，她一只手画着十字，一只手用破旧的披肩角擦拭她的眼睛，那是一双对世人永远充满慈爱的眼睛。

　　来到这座城市后，我住在一间平房里。房子对面长满了茂密的野草，中间是一大堆倒塌的建筑废墟，废墟下有一个大地洞，那些无处安身的野狗常躲到这里，有时它们也就葬身于此了。

　　它是我的第一所大学，我永生难忘。

　　叶甫里诺夫的家由妈妈和两个儿子组成，没有别的什么收入，只能靠少得可怜的抚恤金过日子。我常看见这个脸色苍白的女人，每次买回东西放到厨房里，就开始发愁，她在思考如何解决面临的难题。不算自己，怎样才能给三个健壮男孩儿做好美食呢？她爱他们，一直在拼命支撑着这个家。

　　叶甫里诺夫和他弟弟并不理会母亲的良苦用心，他的弟弟是一个抑郁、呆板的中学生。

　　倒是我很早就发现了这位可怜母亲的厨房艺术，着实令人惊叹，她是数着米粒做饭的。

　　只用一点点东西就能做出丰富的菜肴，我特别钦佩。分给我的每一片面包，在我心中都如岩石般沉重。

　　后来我忍受不下去白吃这里的，决定出去找点活儿干，我要自己养活自己。

　　为了不在他家吃饭，我很早就出门，要是碰上刮风下雨，就到那个大地洞里避一避。听着洞外的倾盆大雨和狂风怒吼，闻着动物尸体的腐烂味儿，我突然顿悟到，上大学只是美梦而已。

　　我开始幻想自己变成了一个白胡子法师，可以让一粒谷子长成苹果那么大，一个土豆长到一普特重。我在为所有受苦受难的人民寻求出路，我想拯救他们。

在这些苦难的日子，我变得更加坚强了，我并不奢望他人的救助，也不渴望好运降临。我从小就知道，生存环境越艰苦，越能磨炼人的意志，增加人的智慧，否则我们别无出路。我常到伏尔加河码头上做事，在那儿能挣到十五戈比至二十戈比。

我加入搬运工、流浪汉和无赖的队列中，这些经历都深刻地影响着我。有时候，我迫不及待地加入那些工友的群体中来，不再有以前的那些腼腆和害羞。那些举止粗野、坦率鲁莽的人们，在我眼前转来转去，我很容易和他们认识并相处，我理解他们无所畏惧的人生态度。

在这里，我认识了小偷贝什金，他上过学，受过良好的教育，可现在已经是饱经风霜、肺病缠身了，他劝说："姑娘老实，是她们的美德，但对你则如同枷锁。公牛老实，那它只配吃干草。"他对我很好，总以老师和保护人的身份自居，看得出来他是真心实意为我指点迷津。

他最大的爱好就是谈论女人。

"女人，"他兴致高昂地说，"跟女人恋爱是世界上最美妙的事，我觉得只要是为了心爱的女人，我什么事都干。"

他还能不费吹灰之力就编出妓女们红颜薄命、凄美哀怨的小曲。据说，他编的小曲唱遍了伏加河两岸的所有城市。

我还认识一个叫特鲁索夫的人，他开了一间钟表店，实际上他借着这个名义来买卖偷来的赃物。他对我也很好。

他常对我说："阿列克塞，你可不能当小偷。你不能走这条路，你是个品行高尚的人。"

"品行高尚，什么意思？"

"就是只有好奇心，而没有妒忌心。"

这样说我，我实在是受之有愧，因为我对许多人和事都产生过妒忌心。

我觉得特鲁索夫不像好人，很像小说结尾中出乎意料的，坏人到了最后摇身变成宽宏大量的英雄。这个想法使我和贝什金和特鲁索夫有些疏远。当然，我还是喜欢他俩的。尤其是我的追求和上大学的理想遇到挫折后，使我与他们更加接近了。

这段时间，我又结识了一些新朋友，他们给了我崭新的印象。

其中一个叫普列特涅夫。他皮肤略黑，相貌平平。可是却整天喜气洋洋，讲话幽默俏皮。他很有艺术天赋，对一切都感兴趣，总是快乐地生活着，好像根本就不知道什么是烦恼。

后来我来到贫民窟，他知道了我生活困难，没有依靠，就让我和他一起住，还建议我报考乡村老师。那里房子很破，一些饥饿的大学生、妓女和穷人拥挤在这里。我们住在通向阁楼的楼梯下面，走廊通着三个房间，其中两间住着妓女，另外一间住着得肺病的数学家。

普列特涅夫的收入也不多。因为我要参加考试，没有多少时间出去干活儿，我俩一天只有少吃些东西，能对付下去就可以。

可是，我就算通过了乡村教师考试，我也得不到那个位置，因为我太小。

　　我和普列特涅夫睡一张床，他白天睡，我晚上睡。每天早上他干完一整夜的工作回来时，我就跑到小饭馆去打开水，然后我们开始吃早餐，然后他就会去睡觉。

　　我到贫民窟的走廊里巡视，想了解一下我的邻居们的生活。人们住得像蚂蚁窝一样拥挤，各色人等，应有尽有，人们在臭气熏天的环境里过着凄惨的生活。我的心中不禁疑惑："人们这样活着究竟是为了什么？"

　　到了秋天，因为没有固定的工作，几乎是靠别人养活，这样的面包吃起来是难以下咽的。于是，我到了瓦西利的面包坊打工。

　　这段时期的生活是艰辛的，也是很有意义的，在我后来写的短篇小说《老板》、《柯诺娃洛夫》、《二十六个和一个》中，曾经描述过这段生活。

　　肉体的痛苦是肤浅的，只有精神的痛苦才是真正的痛苦。

　　我每天要工作十四个小时，遇到节假日和空闲的时候，我就给同伴儿讲故事。他们都喜欢听我的故事，因为这些故事有趣，而且和他们的生活息息相关。

　　一想到这些，我就为自个儿高兴，我私下以为我在做群众的思想工作。

　　我也有自卑的时候，我觉得自己那么弱小，那么无知，感觉自己仿佛被遗弃在一个昏暗的地洞里，地洞里的那些人都不敢正视现实，他们宁愿终日钻酒馆、逛妓院去寻求安慰，也不愿意去读书以寻求出路。

　　每月领完薪水后，他们必去光顾妓院，在这个美妙日子到来的头几天里，他们就开始想入非非了。等嫖宿回来，又久久地讲着那份甜蜜的享受。但是如果大伙儿一起谈到妓女，他们又是一脸的瞧不起。

　　一次，我和他们一起去妓院。这里的"管家婆"漂亮、丰满，是个四十岁的波兰女人，名叫捷罗莎，她知道我反感这种放纵的行为时，还讽刺我。

　　"别逗他了，我说姑娘们，他一准儿是有女人了，是不是？"她说。

　　可我根本就不知道女人是什么滋味儿。

　　"最奇怪的就是那些大学生了。"她又开始说着，"他们真会玩儿，先让姑娘在地板上打肥皂，再把赤条条的姑娘手脚向下放在四个瓷盘上，然后对着姑娘的屁股用力推一掌，看看她在地板上滑行的距离。一个完了，再来一个，你们说，这叫什么事儿呀？"

　　"你瞎说，这是你们自己编造的。"我生气地说。

　　"我没有瞎编。"她眼睛瞪起来了。

　　在场的人们都厌恶地往地上吐唾沫，他们骂着粗话。

　　我认为捷罗莎是有意诽谤我喜爱的大学生，就对他们说大学生是热爱人民的，希望人民生活好的，可是妓女们却认为自己比那些大学生们强。

　　我难过极了。望着他们，感觉这些人就像城市的粉尘，本应到垃圾堆里去的，现在却到了这间昏暗的小房间里，带着满肚子的怨恨分散到城市的各个角落去了。由于情欲和生活的郁闷，他们从四面八方躲到这个肮脏的地方，极为荒唐地唱着动人的情歌，谈论受过教育的人的逸闻趣事，这是他们的一贯作风：讥讽、嘲笑、敌视他们不理解的东西。

　　现在想起来，其实这"烟花柳巷"就是一所大学，可以获得某些人想要的和

技能。

这时我又接触到了一种新的思想，虽然它是和我敌对的，但它仍然从心灵深处触动了我。

一个大雪纷飞的夜晚，我迎着风雪前行，突然被横躺在马路上的一个人绊倒了，我们彼此咒骂着，我骂俄语，他骂法文："呀，魔鬼！"

我好奇地将他搀扶起来，他个子矮小，瘦弱。

"滚，快滚！"他接着又骂道。突然，他向前狂奔，双手抱着电线杆子，不停地说："琳娜！我快死了"看得出来，他喝醉了。我赶紧拽住他的腰，拖着他向前走，并询问他的住址。

"在布莱克街。"他用冻得发抖的声音说。

他一溜歪斜地向前走，弄得我走路很吃力，在布莱克街上找了半天总算弄清他的住所。他小心翼翼地敲了一下门，对我低声说："嘘，小点声。"一个女人开了门，手中拿着烛台，把我们让进屋后，她走到一旁去，也不知从哪儿找出一副眼镜，仔细地打量着我。

我向她说明，这个人的双手已经冻僵了，应该让他脱掉衣裳，上床睡觉。

"是吗？"

可她好像没听懂我的话，仍然若无其事地玩儿着纸牌。

"真见鬼，你轻点儿。"我给他搓手时，他疼痛地叫着。

那个莫名其妙的女人手中还在玩弄纸牌，心事重重的样子，用少女般的声音发话了："乔治，你找到米沙了吗？"

男人推开我，立即答道："他不是去基辅了吗？还要问我！"

"真的吗？"她又喃喃自语。

他把我带到厨房里，背向炉火说道："太感谢你了，是你救了我一命。"接着，他又小声说："她是我的妻子，原来她是地主，我是历史老师。她离开了自己的丈夫和我在一起，已经两年了，我们始终过着快乐的同居生活。"

"那为什么还找那个男人呢？"

"可她病了，她有个儿子是音乐家，后来自杀了，她还在等他回来。"

"你是干什么的？"他问我。

我简单地讲述了我的来历。

"是这样，你读过丑小鸭的故事吧。"他的脸变得歪扭，愤怒地说了起来，"我像你这么大时也幻想过，我会不会变成一只白天鹅呢？你瞧，我应该去神学院，却上了大学。我父亲是神甫，因此和我断绝了父子关系。"

他跳了起来，又坐到椅子上。继续说："进化，多么好听的字眼儿，这是人们发明出来欺骗自己的。人类现有的生活根本就毫无意义，是不合理的。如果没有奴隶制就不会有所谓的进化，没有少数统治者，社会就不会进步。工人越来越多，而农民越来越少，关键是他们在生产粮食啊！我们需要的就是通过劳动向自然界索

取粮食，我们别无他求，但这个愿望看来也很难满足。"

这种说法我还是头一回听说。

他又激动地尖叫了一声，然后小声念叨着："人是十分容易满足的，我们需要的不多：一块面包和一个女人而已。"他用一种神秘的语调对我说，更像是在作演讲。

看得出来他是个爱情崇拜者，他一下子说出一连串陌生的名字：贝尔雅德、非亚米塔、劳拉、妮依。他向我讲述了诗人甚至国王和上述美女们的爱情故事，又朗诵了几段法国抒情诗："爱情和饥饿统治着世界。""人类追求的是忘记和享乐，而不是知识。"

忽然，我想起这段语言在一本革命小册子《饥饿王》的标题下出现过，于是我更加觉得他们的话意义深远。他的想法深深地震撼着我。直到后来我离开他，我还依旧能从别人那里听到类似的言论，而以后说出这些言论的人俨然已经把这些话当做真理在崇拜。

我 的 大 学 第二章

由于许多人在等及时的救济, 捷里柯夫的小杂货铺的收入显然是杯水车薪。我也不止一次地问他这样做的原因, 他告诉我, 人类是平等的, 那些生活在苦难之中的人们, 也应该去接受教育、获取知识。

"你是说人们在渴望和追求知识吗?"

"当然是了, 您不是也这样想吗?"

是的, 这也是我的希望, 可乔治的话此刻又在我耳边回荡:"人类追求的是忘记和享乐, 而不是知识。"这种思想对于十七岁的年轻人是十分有害的, 年轻人听了这话什么好处都得不到, 只能是更加茫然。

捷里柯夫决定开一个小面包坊, 初步计算, 一卢布可以产出三十五戈比的利息。我被委以重任——面包师助手, 并以"亲信"的身份, 监视面包坊里可能发生的偷盗事件: 偷面粉、鸡蛋、牛油和面包。

面包师布托宁已经两鬓斑白, 长着一撮小胡子, 一双阴沉而忧郁的眼睛, 透射出一种不屑的神情。他也偷东西, 就在头一天晚上, 他就悄悄把十个鸡蛋、三斤面、一大块牛油放到了一边。

"这些是干什么用的?"

"留给一个小姑娘的。"他平静地回答我。

我试图说明, 偷东西是在犯罪, 但是我的努力还是没有作用。

每天早上五六点钟时, 就会有一个短腿姑娘准时出现在面包坊窗外的街上, 她赤足走到地下室的窗子时, 边打呵欠边喊:"布托宁。"

他睁开眼睛说:"来了!"

"睡好了吗?"

"很好。"

布托宁从窗外伸出毛茸茸的手，抚摸姑娘的光脚丫，那姑娘若无其事地任他抚摸。

然后，他抓了十来个小甜饼、面包圈和白面包丢进姑娘的裙子里。她张开嘴吃了起来，已经顾不得它们还很热。

姑娘走后，他向我夸耀说："看到了吧？多温柔的小姑娘啊，我只和她们交朋友。这已经是我的第十三个姑娘了。"

听他得意扬扬的满足话，我私下里琢磨："莫非我也得这样活着吗？"

我的工作就是每天给捷里柯夫的杂货铺送面包外，还有将面包和奶油送到神学院。

每周我得去一次疯人院，在那儿精神病学家别赫捷罗夫给大学生们上实例教学课。大学生们变成了不会说话的鱼，教室里鸦雀无声，只有教授那清脆的声音在教室回荡。

在课堂上，教授每次提问，疯子就会低声喝斥，他的声音像是从地板下面发出来的。

这位疯子的形象在我心中极其深刻，于是我专门为他写了一首诗歌。

现在，我的工作很忙，几乎没有时间看书。

布托宁见我差不多已经入门了，他干得就更少了。还常说我很能干，再过一两年，我就可以出徒当面包师了，但也担心没有人会听我使唤。

有时候他也警告我："最好是睡一觉，别读书了。"我很反感他这么说。

短腿姑娘经常在夜里和他约会。她一来，他就耸耸鼻子说："你出去半小时吧。"我一边向外走，一边怀疑他们是否真的在恋爱。

面包店的生意很好，捷里柯夫打算另找一间大点儿的作坊，再雇一个助手。

这是好消息，我现在的活儿太多了，每天累得我筋疲力尽。

"去了新作坊，你当大助手。"布托宁许诺说，"我跟老板说说，把你的薪水提到十卢布。"我明白，这样一来，他的活儿干得更少了，可是读书却困难了。

布托宁对我很亲热，好像还有点儿敬意。估计他认为我是老板的心腹，当然他依旧天天偷面包，毫不害怕。

当我知道消息的时候，我的外婆已经去世了。她入葬后的第七个星期我从表兄的信里知道的，信中说，外婆在教堂门口乞讨时，从门口摔了下来，断了一条腿，后来就死去了。

后来我才知道，我的外婆靠求乞养活着表兄、表弟、表姐及她的孩子，在外婆生病时，他们居然没有请过医生。信中还说，外公也参加了送葬，自个儿在坟前哭得死去活来。

我没有哭，只是觉得有些寒冷，不大想动弹。夜里我坐在柴火堆上，心中郁闷，想找个人讲讲我的外婆。这个向人倾诉的愿望在我心中埋了很久，始终没有机会，就这样它将永远埋藏在记忆中。

没有想到，许多年之后，我又找回了这份心情。

一次我读契诃夫的一个描写马车夫的短篇小说，小说中说，马车夫是那么孤独，只好对自己心爱的马诉说了儿子之死的悲惨情景。

我引起了老警察尼基弗勒奇的注意，他像一只老鹰似地在我居住的地方转来转去。

"听说你挺喜欢看书，是不是？"

没有等我开口，他继续问："你爱读哪类书？比如说《圣徒传》还是《圣经》？"

我告诉他我都读过。他听了后十分惊讶，"当然，读这些书很好，我想托尔斯泰的作品你也读过吧？听说他曾写过几本书，他居然敢反对神甫，你想看看吗？"

他邀请我去他的房间里坐坐，坐下后他问："你认识普列特涅夫？他挺有意思。"

"是的。"我说

我内心十分忧虑，因为我最清楚普列特涅夫正在做什么——印传单。

"你明白吗？"老警察说，"这是一张看不见的网，网从沙皇的心里出发，通过各个环节：各部大臣、县长、各级官吏，直到我，这条条线牢固无比，相互串联，坚不可破，维持着沙皇的统治。可是现在仍有一些被英国女王收买的人公然破坏这张网，他们打着为人民的旗号干着这些见不得人的勾当。"

然后他看了看四周，压低声音恐怖地说："你应该清楚，我今天为什么和你说这些话。你的面包店里总是聚集着一大群大学生，他们在捷里柯夫的房间里整夜谈论。他们今天是个普通大学生，明天做什么我可不知道。大学生们太多事，沙皇的政敌私下里也在鼓动他们，你可要知道这些啊！"

说实话，他对当时国情的分析十分精辟。然后我离开，在路上我想：一只大蜘蛛编织成的一张无形的网，到底是什么模样儿？

不久就发现了许多许多这样那样的网了。

我认识了老纺织工尼基塔，这人很有心计，性情活泼。

"我已经活了五十七年了，阿列克塞，我的小流浪儿。"他瓮声瓮气地说着，"我喜欢看马戏，马戏团里的牲口是用糖训教出来的，而人需要的糖是善心，就是说对人要充满善心，不要动不动就想打人，你说是不是？"

以后我们成了朋友。最初他还经常嘲讽和讥笑我，可是听了我讲的"看不见的网"，他一改常态，认真地说："你很聪明，小伙子。"

"我的阿列克塞，你的观点是正确的，可是没人相信你。"

他继续解释道："我是个丧家犬，而其他人则是带着镣铐的看家狗。他们才不会信你呢！那次我们在莫列佐夫工厂暴动时，不少冲锋在前的死得都很惨。"

我以为他一定不会随便改变自己的看法，可是后来他还是有所改变了。那是他认识了钳工亚柯甫之后，开始强烈地反对上帝："上帝根本就是不存在的！我无论聪明才智还是自身体力都一无所长，况且我一点儿也不仁慈。上帝也不知道我生活有多艰难，要不就是他知道而不肯帮忙。上帝并非全能，而且他根本就不仁慈。上帝压根儿就不存在！"

尼基塔听得哑口无言，脸色铁青，破口大骂。亚柯甫则引经据典，后来说得尼基塔低头沉思，默不做声。

"世界上所有的话我都见识过，就是没听过这种话，居然在我面前诬蔑上

帝。这个人活不多久了，真可怜。"

没几天，他和亚柯甫又打得火热，他笑哈哈地说："喂，这就是说，我们罢了上帝的职。哈哈哈。"

我的工作越来越没劲儿了，面包店也快经营不下去了。最近常常发生些可气的事情，有些人还经常拿走柜子里的钱。

捷里柯夫无可奈何地说："完了，我们快破产了。这些人也太随便了，没有不拿的东西，我买的半打袜子只一天工夫就全丢了。"从袜子这件小事就可以看出，大家对这个义举是多么不在意！

他苦心地想做一件有意义的事情，可太艰难了。他周围那些得到救助的人们不但不关心他的事业，反而去破坏它。他真可怜！

后来，我开始恋爱了。我这可不算早熟，无论年龄、个性，都逼着我接近女人。我开始喜欢面包店女店员娜捷什塔。我渴望异性的温情，我渴望向人倾诉我自个儿的心事，太需要有人帮我理清纷乱的思绪了，而她有着健康的肤色和妩媚的笑容，很吸引我。

一天，我听到普列特涅夫被捕入狱，被押到了彼得堡的克列斯特监狱。

这个消息是从老警察尼基弗勒那儿得知的。那个早晨，我们在街上相遇，我看他的眼睛里好像闪动着泪花。

"普列特涅夫一定会死。他是死于怜悯，因为怜悯穷人和受苦受难的人们，而葬送了大学生的性命。这还有没有天理？"

从这个老警察嘴里听到这样胆大包天的话，真是让人吃惊。

普列涅夫早就知道自己会有这么一天，所以他不让我跟他见面。没想到也许永远见不到了。

等到秋雨绵绵时，气温急剧下降，瘟疫闯入了这个城市，自杀事件时有发生。

在一个悲凉之夜，我感到心身疲乏，心情沮丧。也就是从这一天起，我开始轻视自个儿，瞧不起自个儿，对自个儿漠不关心了。

任何人都是一个矛盾结合体，无论语言、行动，还是感情。

我身上特有的矛盾使我对许我事物充满好奇，在好奇心的驱使下，我像只陀螺一样飞快地从女人、书籍、工人、大学之间转来转去，终于一无所获，一无所成。

我去找鲁伯佐夫，他正在小桌旁补衣服。

"亚柯甫死了。亚柯甫耗费一生的精力去反对上帝，让我说，上帝也好，沙皇也好，都不是好东西。"

"老弟呀！我们这儿一个光棍儿铜匠也要死了，这就是咱们的命。"

我也开始努力思考自己该怎么办才好，但是始终没有答案。

我开始学拉提琴，我对音乐极为偏爱，因而学起来十分狂热，可是偏偏不该发生的事情发生了。

一天晚上，趁我出去的时候，老师打开了我没上锁的钱匣，拿走了我的钱。这时，我回来了，他把发青的脸伸给我，叫我惩罚他。

我强压怒火命他把钱放回原处。他临走时叫道："给我十个卢布吧！可以吗？"

我给了他，学琴的事也就此告吹。

这一年的十二月份我已下了自杀的决心。

为了说明我自杀的原因，我专门写了一篇叫做《马卡生活事变》的文章。文章写得极不成功，内容缺乏真实性，不过也许正是由于这个原因它才具有一定价值。

我的自杀居然和我的文章一样拙劣，我并没有打中心脏，而是穿过了肺。一个月后，我就返回面包坊的岗位上了。不过，后来我又认识了一个叫洛马斯的人，他邀请我到他那里去干活儿，还说他那儿有很多书，这个对我来说是最终答应他的原因。

我的大学 第三章

此时伏尔加河上的冰刚刚融化，冰块儿都漂在河面上，好像找不到自己的家一样，四处散落着，还有几片孤零零地躺在河边，像是在寻找自己的归宿。

舵手潘可夫是个年轻人，眼神有点儿冷漠，不爱说话。

库尔什金一边拨着冰块儿，一边开始骂起来："去一边去！滚开！"我和洛马斯并肩坐在箱子上，他低声说："农民都痛恨我，特别是富农。你不害怕受到牵连吗？"

库尔什金放下长篙，扭过脸说："说的没错，他们最恨你，神甫也最烦你。"

"的确如此。"潘可夫又加以证实。

"是有许多人恨我，但也有许多人喜欢我，我相信您也会交上好朋友。"洛马斯对我说。

洛马斯学识渊博，又能掌握分寸，我从他的话里可以深切体会出这一点。

中午，船靠岸了。一个瘦高个子的农民跑过来喊道："欢迎你们。"

"那是伊佐尔特。"洛马斯告诉我。

很快我就进入了一间新木屋，这里很温馨，也很整洁。我住在阁楼上，房子正对着一条山沟，在这里我可以欣赏到大半个村子，这真是太好了！山沟里到处是果园和耕地，一望无际，一直延伸到和遥远的森林相接，真是无比美丽的风景。

下一步我该思考如何在这里生存了。

下楼吃饭时，伊佐尔特正在桌边说着什么，我一出现，他立刻停住了。

"你怎么想？继续说。"洛马斯眉头一皱说。

"大家必须提高警惕，你要带上枪，要不就带根木棒。和塔林诺夫说话要当心，他和库尔什金都不牢靠。没什么说的了，就这样吧！"

"必须把苹果农联合起来，以摆脱大收购商的束缚。"洛马斯说。

"可村里的富农土豪们能答应吗？"伊佐尔特说。

"他们敢那样？"

"我敢肯定他们不会。"

忽然我有一种预感：从现在开始，我要从事革命工作了，一番大事业在等着我从事！想到这里我就激动无比。

伊佐尔特走后，洛马斯对我说："他这人聪明、能干，关键是很可靠。你要是能帮助他那最好了，他知识还不多，很需要你的帮助。"

回到卧室，洛马斯简捷明了地说："我想你有些浪费时光了，我的朋友。你很有天赋，意志坚强，对未来满怀憧憬。你爱读书，这很好，但是你还要多和身边的人交流，你会发现你可以从他们那里学到些什么。"

我记得一个名人曾经说过，人自己获得自己的经验，人直接获得经验将会令你印象无比深刻。爱意味着宽容、谅解，有时候甚至是袒护，对人民则有些行不通。大学生们总是强调他们热爱人民，不过是一句空话，人民不需要我们去爱。如果我们仅仅去爱他们，那么他们会被我们娇惯起来，其实，人民的愚昧无知也需要我们去指责，去批评指正。

"你们城市人都好读涅克拉索夫的诗，我说单靠一个涅克拉索夫是不够的。我们应该去唤醒农民，对他们说：'兄弟们，你们这么好的人，却过着多么悲惨的生活。你们是否想过去改变现状，让生活变得更加美好呢？'我发现农民的力量是巨大的，简直无所不能。那些贵族、神甫，甚至沙皇，都是农民出身。你们知道该怎样做了吧？热爱生活吧，谁也不能来糟蹋你们的生活。如果他们真的来了，我们就要反对他们，直到消灭他们。"

紧接着他让我参观他的书房。那里书籍真多，技术方面的占了大多数。还有普希金、冈察洛夫、涅克拉索夫等著名作家的作品。他每拿一本书都是那么小心翼翼，生怕弄坏或弄脏。"这里全是好书，你可以看看，从书中你可以了解到什么是国家，你一定会悟出我们如何生存才能更好。"随后，他又递给我一本马基张维利的《皇帝》。

我们一直谈论着这些书籍，喝茶的时候，他才谈到了自己：他家是车尔尼廊夫省的，他父亲是个铁匠，他自己在基辅车站做过事。那时候，他才接触到了革命者和革命思想，为此他还遭遇过牢狱之灾，好在还是挺过来了。

我们一直交谈到深夜。我明白他的心思，也感受到了他的热情。这一切来的正是时候，对我帮助很大。他不仅给我展示了美好的前程，而且给予我无限的力量，给我插上了理想的翅膀，从此我可以自在地翱翔了。

这一阶段的日子每天都能寻找到快乐。

村民们周日又来到小铺聚会了。巴里诺夫最先到场，他的衣服已经弄得破旧不堪，可他似乎并不在意自己的着装，打过招呼，他就直接转向库尔什金大叫：

"喂！你那群该死的猫吃了一只公鸡。"

大家都不知道说设么好了。

这时一位老人到来了，他个子很矮，枯瘦得叫人担心，黑嘴唇，白眉毛不停地抖动着。

"哎呀，米贡先生，昨晚上又偷了点儿什么？"巴里诺夫讥讽地说。

"偷了你的钱。"米贡满不在乎地大声说，一边还向洛马斯脱帽致意。

这时我们小铺的房东——潘可夫正走出院子。他见了米贡后立即叫了起来："我看你还敢

不敢再钻进我的菜园了！"

米贡笑眯眯地说："你的这一套我都习惯了，就没有看到你有什么新的花样儿！"

这时小铺已经聚集了十几个人，伊佐尔特也在里面。洛马斯低头吸着烟，听农民聊天，农民们和与平时一样，都各自坐着、听着。

一天晚上，洛马斯不知去了什么地方，我正打算寻找，枪响了，我感觉距离很近，于是赶紧冲出门外。

洛马斯若无其事地向店铺走来，"您怎么出来了？我就是打了一枪，何必大惊小怪！"

"为什么？"

"遇见几个坏蛋，我警告他们，他们不听，我只好冲天鸣枪，我并没有伤害他们的意思。"

我们高兴地回到屋子里，然后他告诉我去村里需要谨慎，尤其是在晚上，不过也没那么恐怖，他们都是胆小鬼。只要你反抗，他们就会害怕。

慢慢地我适应并喜欢这儿的生活了，洛马斯天天都有新消息，我安下心来读那些自然科学类书籍。

每周三，我都会教伊佐尔特识字。一开始，他对我似乎有些怀疑，经常露出轻蔑地微笑，还不时地盯着我，仿佛想从我这里发现些什么。我给他上过几次课后，他开始有了学习热情，进步也很快。我真的不知道他是如何改变的。

一天早上，厨娘点好炉子去院子里，我在铺里看柜台，猛然听到一声巨响，铺里的货架颤抖着，我也几乎不能站住，玻璃都被震碎了，一时间各种声音响成一片。

我勉强控制住自己的身体平衡，奔向厨房。

厨房正冒着浓烟，我刚一进去，洛马斯也冲了进来，咣当一声撞倒了什么，他怒气冲冲地向门外喊："行了，拿水来。"

烟雾使我难以睁开眼睛，我费了很大劲儿才摸到水桶，浇灭了地板上的火，顺手把劈柴也扔了回去。

"小心点儿，还有可能爆炸呢！"洛马斯叮嘱我。

他伏下身仔细审视那些劈柴，随手把我扔回去的一块抽出来。

"您这是？"我不解地问。

他指了指旁边的烧柴，我一看，原来木柴里边已被挖空，这一爆炸把口都烧焦了。

"这些狗杂种们居然往木柴里装火药，你这下知道了吧？好在火药不多，否则就不好说了！"

卧室那边的窗口挤满了一双双惊恐、怪异、表情复杂的脸。

洛马斯走到门口，拿着木柴对大家说："不知道你们中的哪一位把这根圆木柴塞满了火药，放到我家的柴火堆里了？可是很遗憾，火药不够多，你们也白费心思了，哈哈！"

洛马斯总是这样无所畏惧地处理任何事情，有时候我真想知道是什么力量支撑他去这样行事。

洛马斯依靠几个朋友的协助，把苹果合作社的事办成了，却惹到了村里的富农。

杂货店里买东西的人迅速增加了，可见许多农民改变了对洛马斯的态度，其实

他们早该这样了，我想。这次活动，得到了大多数村民的认可。

七月中旬，伊佐尔特突然失踪了，人们尽力寻找。两天之后，七里之外发现了他的小船，小船停靠在青草丛生的岸上，只是船底和船舷早已破碎。

出事当天，洛马斯还在喀山。

晚上库尔什金垂头丧气、无精打采地跑来。我发现他眼睛发红，下巴在抖动，他一时竟说不出话来。终于，他断断续续地对我说："我和米贡去看了伊佐尔特的小船，船底是用斧子砍漏的，伊佐尔特是被人蓄意杀害的。一定是这样！"

事情很快真相大白。第二天孩子们在河边发现了伊佐尔特的尸体。他脸向下，脑壳全空了，脑子早就被水冲走了，他是被人从后面砍死的。伏尔加河的河水鼓荡着他的双腿和双臂，我能想到他在临死一刻的挣扎和不屈。

村长跑过来，嘴里念叨着："做孽呀！真没有人性呀！"可是他胆小如鼠，能说出这样的话已经不错了。

杂货铺掌柜库兹冥叉着脚，眼里泛着泪花，挺着大肚子，一会儿看看我，一会儿又看看库尔什金，一副可怜的神情。

一个女人歇斯底里的狂笑声打破了大家的沉寂，也使大家乱成一团，人群在相互吵闹着，拥挤着，甚至是埋怨着。

库尔什金趁火打劫，冲到那个杂货铺掌柜身边，狠狠地来了一个嘴巴："老乌龟，找打。"

他被追上来的人打了几拳，却看不出有什么痛苦，而是有一种快乐的满足感："你看见了吧？我打了库兹冥一个耳光。"

又过了两天，洛马斯回来了。

"伊佐尔特被害了。"我告诉他。县里来了警官，也没有查出什么结果。他们还把库尔什金扣押了，因为那一个嘴巴。

"什么？"

他双手抱头，胳膊支在桌子上，陷入深深的痛苦之中。我看不到他的脸庞，但

我能感觉到那一定是一副难受的样子。

八月初，洛马斯从喀山运回一船货和一船筐子篮子。

一天，我们正准备吃早茶，厨娘哭喊着跑了过来："着火了。"

我们冲出院子，见我们小铺的库房正在燃烧，大家难以抑制心中的焦虑，里面装的都是易燃品：煤、柏油和食用油。

我们被眼前的灾祸惊呆了，阳光照射下，火舌正在无情地吞噬着货物。

洛马斯把水泼在着火的墙上，扔下水桶喊道："真麻烦！阿列克塞，你快把油桶推出来吧！"

我冲进去把柏油桶推出院子，滚到街上，返身回来弄煤油桶，却发现塞子早已打开，油已经撒在地上不少了。水火无情，库门已经被烧穿了，火苗一个劲儿地向里推移，我连塞子的影子都看不见。

爆裂声终于传来了，我们也知道这是早晚的事。我艰难地把油桶推到了库房门口，可是却被卡住了。大火在折磨着我的皮肤，痛得我大呼救命，洛马斯冲过来，拽着我的胳膊，把我带出院子。

"你快走！要爆炸了！"

他快速奔向卧室，我紧跟其后，爬上阁楼去抢救我的书。

火舌从窗口闯进阁楼。我急忙跑到楼梯口，这儿的烟更加浓重，看来很难通过楼梯了。

我被到处弥漫的烟火包围了，火舌也跃跃欲试想要

吞噬我。我难受极了，一时竟不知所措了。这几秒的时间对我们太漫长了。

求生的欲望驱使我采取了一个明智的抉择：抱着被子、枕头和一大捆菩提树皮，还用洛马斯的皮外衣护着脑袋，从窗口跃身而下。我必须离开那个火房子。

等我醒来时，见洛马斯伏在我身边大声呼唤我："阿列克塞，好点儿了吗？"

洛马斯关切地喊叫着。他被汗水、黑烟、泪水、焦虑覆盖的脸上，一双无限怜惜的眼睛望着我，我被他深厚的情谊感动了。

"烟雾中飞动着许多白色的纸张，它们是我们的书。"

洛马斯此时充分发挥了自己的组织才能，把混乱中的村民集中起来，组成两个小组，然后镇定地指挥他们。农民们很听他的指挥。

我也不顾伤痛，快乐地投入到这场异乎寻常的战斗中，我这个人是非常喜欢集体劳动的场面里那股激情的。大家同心协力，共同作战，至少可以不必让整条街被焚毁了。

我们在发挥着集体的力量，而村长和库兹冥及一伙儿富农却在那里指指点点，谩骂着什么，没有一个人来救火。

大家基本征服了右边的火势，左边的火却在凶猛地吞噬着农家庄院，眼看着就难以控制。洛马斯赶紧率领一些人往左边跑去。

看到他们在不顾一切地救火，我感到一股力量突然涌上我的心头，进而遍布我的全身，我玩儿命地奔向火海。

这正像我所读过的

书中所说的那样，人民的力量是无穷的，关键是要把他们组织到一起，今天我终于看到这个场景了，尽管这个场景出现得有些偶然。

这时，意想不到的事情发生了。村长率领一支富农队直奔而来。洛马斯在队伍后面被两个人架着，他脸色铁青，衬衫袖子已经被扯断了。

退伍兵可斯金挥动手杖疯狂地叫喊："把这个异教徒丢到火里去。"

"砸开浴室的门！"

他们自己砸起来。

我拿了一根棍子站在洛马斯身旁，两个架着他的人吓得往后退，村长忐忑不安地尖叫："信正教的人不能砸。"

"沉住气，阿列克塞。他们以为浴室里藏着货物，我们故意放火烧杂货铺的，叫他们看看知道了。你别冲动！"

"就是你们两个放的火。"库兹冥说。

洛马斯低语着："我们背靠背站着，以防他们从后面袭击。"

门还是被弄开了，那伙人一拥而进，又立即返回。趁着这个时候，我把棍子塞给洛马斯，自己也拿起一根。

"没东西。"

"什么都没有？"

有一个胆怯的声音说着："或许是我们弄错了。"

"什么弄错了！那不可能！蠢货！"

"快！把他们扔到火里烧死！"

"这群魔鬼！"

"他们暗地里组织什么合作社。"

"住口！"洛马斯被他们的叫骂声激怒了，"你们听着，你们已经看过了浴室，什么也没有，你们还有什么话说？我的货就剩这点儿，其余全都烧了，我总不至于烧我自己的财产吧？"

"他保了火险。"这句话如火上浇油,十几个暴怒的声音又理直气壮地咆哮了,"傻站着干什么呀?"

我们已经受够了。

我的体力有些不支,眼睛好像不愿意睁开,思想也有些懒惰了。但是,我还是爆发了,猛冲过去。愚昧的人群将我们团团围住,他们跳着脚怒喊:"看呀,他们拿着棍子呢!"

这时,一个矮小的跛脚农民叫喊着:"用砖头从远处砸他们!我带头!"

他捡起一块砖头冲我的肚子砸来,可还没有碰到我,库尔什金早就像只老鹰似地扑向他,他们扭着一起滚下了山沟。

潘可夫、铁匠等十几号人也前来助战,这太及时了,我们的力量一下子壮大了。

此时,我的眼睛和身体的其他部分也不再难为我,很听使唤了。我也再次感受到了人民力量的伟大。

库兹冥识相地说:"洛马斯,我佩服你的胆识,不过你应该明白:大火把村民们吓得快疯了。"

"我们离开这儿,阿列克塞。"洛马斯果断地说着,挂着差点儿成为武器的棍子,精疲力尽地向山外走去。

库兹冥讨好似地和他并肩而行,嘴里不知说着什么。洛马斯冷冷地说:"滚吧!蠢货!"

回头来看看我们的杂货铺:一片灰烬,惨不忍睹。

"可惜呀!我的书。"洛马斯耿耿于怀的还是他的书。

可是苹果合作社我们还是组织成功了,这样就好!

虽然已是日落西山,天气还是很热。刚刚经历过的事情图画般浮现在眼前。我的心深深地被刺痛了,整个人沉浸在悲愤之中。

洛马斯愁眉不展地说:"潘可夫的意思是您可以留下来,他可以开一个杂货铺。我把剩下的东西都卖给他了,我打算去弗亚特加去,等我站稳脚跟,就给你写信，你愿意去那儿吗？"

"我得想想。"

"你是不是生农民的气了？"洛马斯轻轻地说，"千万不要和他们生气，他们只是因为缺乏知识而有些愚蠢，甚至是凶狠，这些你都别太在意。"

他的话改变不了我的认识，那一张张粗野、残暴、凶神恶煞般的嘴脸在我面前闪现，耳畔一直回想起那句让人伤心至极的话："用砖头从远处砸他们。"

其实我更讨厌他们的另一种恶习：蔑视智慧。村里面多才多艺的诗人、艺术家，得不到尊重和敬慕，有的只是嘲笑和污辱。

洛马斯和我分手那天，我向他道出了心中的苦闷。

"你下结论未免过早吧！"洛马斯显然在指责我。

"我就是这样想的。"

"可它是错误的，是缺乏依据的。您去各处走走看看，亲身去体验一下，千万不要垂头丧气。"

"好朋友，再见了。"一句再见，相隔了十五年，他因为民权派事件流放了十年，返回塞德列兹，我在那里见到了他。

洛马斯离开后，我六神无主，后来和巴里诺夫搭伙，靠给村里的富农打工度日。在一个下雨的夜晚，巴里诺夫问我："明天咱们去海上吧！"

"明天就起程，好吗？"我说。

我们第二天就出

发了。等我们偷渡到撒玛拉后，马上登上一只拖船，靠着给人家做帮工，七天后到达了里海。尽管这几天充满艰辛，但总算到达了目的地。

当地的一个渔民合作社成了我们新生活的起点。

我们每天都要扬帆航行，每次看着船帆，我不禁会想：真的要感谢那些给我指引前进方向和帮助我的人，他们是那样无私和可爱！

§作者简介§

高尔基

高尔基（1868—1936），原名阿列克赛·马克西莫维奇·彼什科夫，前苏联伟大的无产阶级作家，列宁称他是"无产阶级文学最杰出的代表"，社会主义现实主义文学奠基人，前苏联文学的创始人。

高尔基出生于一个贫苦的家庭，他的祖父是伏尔加河上的纤夫，他的父亲是一个木匠，而且很早就去世了。他来到外祖父家里生活。外祖父是一个凶悍的人，并且他的两个舅舅为争夺家产闹得不可开交。具体情况可在《童年》中找到。

从10岁开始，高尔基就得自己赚钱谋生。他青少年时期做过许多不同的活：信使、厨房里的杂工、卖鸟、售货员、画圣像、船上的杂工、面包店的学徒、工地上的杂工、晚间的看守人、铁路职工和在律师事务所中做杂工。具体情况参见《在人间》。

1880年代后期，他来到喀山，并成功地被那里的大学接受为大学生，在这里他接触到革命运动。他在一个面包坊工作，这个面包坊也是一个秘密马克思主义小组的图书馆。他很好学，读了许多书，靠自学的方式获得了许多、但不系统的知识。他与他的同学之间的差别很大，因此他几乎没有朋友，这有可能是1887年一次未成功的自杀企图的原因，在这个过程中他的肺被损坏，从此他一直患肺结核。这些在《我的大学》中提到过。

人间的苦难，生活的辛酸，磨炼了他的斗志。他在繁重的劳动之余，勤奋自学。对社会底层人民痛苦生活的体验和深切了解，成为他创作中永不枯竭的源泉。

1892年，他以马克西姆·高尔基（意为最大的痛苦）这个笔名，发表了处女作《马卡尔·楚德拉》。在高尔基的早期作品中，最有名的浪漫主义短篇《伊则吉尔老婆子》和《鹰之歌》、描写流浪汉生活的代表作《切尔卡什》，都是在1895年发表的。

1899年，高尔基完成了第一部长篇小说《福马·高尔杰耶夫》。1901年，高尔基因参加彼得堡的示威游行而被捕。著名散文诗《海燕之歌》就是他参加这次示威游行后写的，他以这篇热情洋溢的革命檄文，迎接了20世纪无产阶级的革命风暴。同年，他写了第一个剧本《小市民》，其突出成就是塑造了世界文学史上第一个革命无产者（革命工人尼尔）的形象。1902年，写了剧本《在底层》，它是作者20年观察流浪汉生活的总结，是高尔基戏剧的代表作。在1905年革命形势高涨的岁月里，高尔基作为战士参加了革命运动，他的住宅成为1905年莫斯科武装起义的据点之一。

1927年10月22日，苏联科学院决定就高尔基开始写作35周年授予他"无产阶级作家"的称号。此后不久，他得到了许多荣誉：他被授予列宁勋章，成为苏联共产党中央委员会成员。他60岁生日时，整个国家为之欢庆。许多单位以他的名字命名，他的诞生地也被改名为高尔基市。

§ 相关链接 §

伏尔加河

高尔基的童年和青少年时代，是在伏尔加河畔度过的。伏尔加河，又译窝瓦河，位于俄罗斯西南部，全长3 692千米，是欧洲最长的河流，也是世界上最长的内流河，流入里海。伏尔加河加上支流系

伏尔加河

统，总共包括135万平方千米，穿过俄罗斯人口最密集的地区。

尼古拉二世

尼古拉二世

在高尔基的青年时代，统治俄国的是沙皇尼古拉二世。尼古拉二世，是俄罗斯帝国的末代皇帝，亚历山大三世与皇后玛利亚的长子。1914年，尼古拉二世带领俄国加入第一次世界大战，基于战况不利、粮食困难等原因，激起人民的不满。1917年3月，圣彼得堡市民发动反饥饿游行，引发二月革命。1917年3月2日，尼古拉二世退位，被亚历山大·克伦斯基的临时政府安置在西伯利亚的托博尔斯克。1918年7月16日深夜或7月17日凌晨，尼古拉二世家族（包括和他们在一起的仆人近十人），被看管他们的布尔什维克秘密警察赶到地下室，用机关枪扫射，集体处决。

列宁

1905年二月革命后，高尔基认识了列宁。弗拉基米尔·伊里奇·列宁（1870—1924），本名弗拉基米尔·伊里奇·乌里扬诺夫，列宁是他参加革命后的化名。列宁是著名的马克思主义者、革命家、政治家、理论家、布尔什维克党创立者、前苏联建立者和第一位领导人。他发展了马克思主义，形成了列宁主义理论，马克思列宁主义者认为他是"全世界

列宁　　　　　　　列宁和斯大林

无产阶级和劳动人民的伟大导师和领袖"。

斯大林

　　高尔基一生最后的一段时间里，成为斯大林的模范作家。约瑟夫·维萨里奥诺维奇·斯大林（1879—1953），原名约瑟夫·维萨里奥诺维奇·朱加什维利，前苏联重要的领导人之一，国际共产主义运动活动家，曾任前苏联共产党中央委员会总书记、前苏联部长会议主席（总理），对20世纪的俄国（前苏联）和世界产生了深远的影响。

斯大林